Sandra Novak
Die Partnerschaft
Neue Horizonte

Über Sandra Novak

Sandra Novak ist das Pseudonym einer österreichischen Autorin. Sie lebt in Wien, wo auch ihre Geschichten spielen. Die Romane und Kurzgeschichten handeln über Frauen, die mitten im Leben stehen und sich einer Herausforderung oder Veränderung stellen müssen. Bei der Bewältigung ihrer Probleme erkennen sie häufig auch neue Horizonte. Dabei gehen die Frauen nicht immer die klassischen Wege, die die Gesellschaft für sie vorsieht.

SANDRA NOVAK

Die Partnerschaft

Neue Horizonte

Du möchtest mehr über die Themen aus meinen Büchern und meinen Schreibprozess wissen? Abonniere meinen Newsletter für exklusive Einblicke und Updates: sandranovak.com

Impressum
Deutschsprachige Erstausgabe September 2022

Sandra Novak
c/o skriptspektor e. U.
Robert-Preußler-Straße 13 / TOP 1
5020 Salzburg
info@sandranovak.com
www.sandranovak.com

Covergestaltung und Satz: Wolkenart - Marie-Katharina Becker, www.wolkenart.com
Lektorat: Noah Sarah Stoffers, www.textpfade-lektorat.de
Korrektorat: Manuela Tengler www.manuela-tengler.at

1. Auflage
Bestellung und Vertrieb: Nova MD GmbH, Vachendorf
ISBN: 978-3-98595-354-7

1

Martina eilte die Stufen zum Eingang des Strafgerichts hinab. Ihre Absätze klapperten auf den Stufen. Vor der Sicherheitsschleuse warteten mehrere Personen auf den Einlass. Während sie in der Schlange stand, suchte sie die Vorladung für die Verhandlung aus der schwarzen Aktentasche heraus.

»Guten Morgen, Frau Magister.«

»Guten Morgen«, antwortete Martina dem Sicherheitsbeamten hinter der Glasscheibe.

»Haben Sie eine Vorladung oder einen Termin?«

Martina zeigte ihm die Vorladung und legte ihre Aktentasche und das Handy auf das Band bei der Durchreiche. Ein letzter Blick auf ihre silberne Armbanduhr und sie legte diese zu den anderen Sachen. »Bin schon spät dran«, murmelte sie und ging durch den Metalldetektor.

»Alles in Ordnung, wie immer, Frau Magister.« Er reichte ihr die Tasche. »Ich wünsche Ihnen einen schönen Tag.«

»Vielen Dank. Ihnen auch.«

Zehn Minuten noch bis zum Termin. Sie blickte auf die Vorladung. Im Saal 206 im zweiten Stock fand die Verhandlung statt. Vor den Aufzügen standen mehrere Kollegen. Martina seufzte. Sie bog links den Gang ab, lief die Stiegen hoch und atmete mehrmals tief durch. Als Martina ihr Spiegelbild in der Glastür bemerkte, strich sie ihre losgelöste dunkelbraune Haarsträhne nach hinten und umfasste die Tasche fester. Los ging es.

»Frau Bäumer, bin ich froh, dass Sie da sind.« Karin Neumann sprang vom Stuhl auf und eilte auf sie zu. »Ich weiß nicht, ob ich das heute schaffe.«

»Guten Morgen, Frau Neumann. Bitte beruhigen Sie sich. Sie haben nichts getan und das werden wir heute auch beweisen.«

Karin Neumann nickte.

»Bitte begeben Sie sich in den Saal 206«, ertönte es aus dem Lautsprecher.

»Denken Sie daran, was wir besprochen haben. Es wird alles gut«, sagte Martina zu ihrer Mandantin.

Sie betraten den Gerichtssaal, wo bereits der junge Richter Mayr und die Staatsanwältin saßen. Martina zeigte der Mandantin die Holzbank auf der rechten Seite, wo sie Platz nehmen musste. Sie selbst setzte sich hinter Frau Neumann und legte ihre Unterlagen bereit.

»Bevor wir beginnen, ist hinten in der Reihe ein Zeuge?« Der Richter sah die beiden jungen Frauen auf der Zuschauerbank an. Sie schüttelten den Kopf. Zu Martina gewandt fragte er: »Wer vertritt die Angeklagte?«

»Magister Bäumer. Im Auftrag von der Kanzlei Dr. Peters.«

Der Richter blickte Frau Neumann an. »Kommen Sie in die Mitte und setzen sie sich auf den Stuhl.«

Frau Neumann stand auf. Sie wirkte in ihrem olivfarbigen Kleid und den grauen kurzen Haaren zerbrechlich und nicht wie die resolute Abteilungsleiterin der Bank, von der die Zeugen sprachen. Der Richter fragte die persönlichen Daten ab und wollte wissen, was am 7. März geschehen war.

»Warum glauben Sie, dass Frau Ceba Sie beschuldigt, sie angegriffen zu haben?«

»Ich kann es mir nicht erklären. Wir haben uns bis zu meiner Beförderung immer gut verstanden«, antwortete Frau Neumann.

»Gibt es Fragen an die Angeklagte?« Der Richter blickte in die Runde.

Martina schüttelte den Kopf.

»Ich habe noch zwei Fragen an Frau Neumann«, sagte die Staatsanwältin. »Frau Neumann, Sie sagten, Sie haben sich immer gut mit Frau Ceba verstanden. Bei der Zeugeneinvernahme durch die Polizei haben mehrere Ihrer Mitarbeiter Ihren autoritären Führungsstil kritisiert. Wie war tatsächlich Ihr Verhältnis zu Frau Ceba und den Kollegen?«

Frau Neumann blickte auf den Boden.

»Die Frage hat meine Mandantin hinsichtlich des Verhältnisses zu Frau Ceba bereits beantwortet. Sie unterstellen meiner Mandantin eine Falschaussage. Das Verhältnis zu den anderen Kollegen spielt hier keine Rolle«, warf Martina ein.

»Frau Staatsanwältin, konkretisieren Sie Ihre Frage. Die Frage an sich ist zulässig«, entschied Herr Mayr.

Die Staatsanwältin richtete sich auf. »Nein, das ist keine Unterstellung. Hier soll nur der Widerspruch aufgeklärt werden. Aber ich konkretisiere gerne meine Frage. Sie sagten, das Verhältnis war bis zur Beförderung zu Frau Ceba gut. Was hat sich im Anschluss daran verändert?«

»Sie ist mir zuerst aus dem Weg gegangen … Später hat sie mir wichtige Informationen nicht mitgeteilt, wodurch es zu Problemen mit Kunden kam und es Ärger mit der Geschäftsleitung gab. Das fiel auf mich zurück.«

»Das hatte Sie natürlich geärgert. Wie haben Sie darauf reagiert? Mit Beschimpfungen und letztendlich zu dem Vorfall vom 7. März?«, hakte die Staatsanwältin nach.

Die Mandantin schüttelte den Kopf. »Nein, so war das nicht.«

»Das geht zu weit …«, wendete Martina ein.

»Keine weiteren Fragen«, unterbrach die Staatsanwältin sie.

Der Richter räusperte sich. »Frau Neumann, nehmen Sie wieder auf der Bank Platz.«

Martina merkte, wie die Hände ihrer Mandantin zitterten, und legte ihr behutsam eine Hand auf die Schulter. »Es ist alles in Ordnung. Sie haben das gut gemacht«, flüsterte sie ihr zu.

Frau Ceba wurde als Nächste in den Zeugenstand gerufen und erklärte, dass Frau Neumann sie im Streit mit Absicht gegen den Aktenschrank gestoßen hatte. Sie war dabei gestürzt und hatte seitdem Schmerzen. Die beiden Mitarbeiter aus der Bank sagten aus, dass sie einen Streit gehört hatten, aber sie waren nicht im Büro von Frau Neumann gewesen und hatten nichts gesehen. Aber als Frau Ceba das Büro verlassen hatte, hatte sie nicht über den Vorfall gesprochen und auch nicht über Schmerzen geklagt.

»Der nächste Zeuge ist der medizinische Sachverständige, der für 11:30 geladen ist.« Der Richter sah von der Akte auf. »Da es aktuell keine Fragen gibt, wird die Sitzung bis 11:30 unterbrochen.«

Herr Kaiser, der medizinische Sachverständige erläuterte sein Gutachten.

»Ich habe dazu eine Frage. Können wir damit ausschließen, dass Frau Ceba die genannte Verletzung durch den Sturz, der durch Frau Neumann angeblich am 7. März ausgelöst wurde, entstanden ist?«, hakte Martina ein.

»Ja, das kann eindeutig ausgeschlossen werden. Eine solche Verletzung entsteht nicht bei einem Sturz, wie er stattgefunden haben soll. Bei der Verletzung könnte es sich um eine Ermüdungsfraktur am Mittelfußknochen handeln. Diese Fraktur muss aber deutlich vor dem 7. März entstanden sein.«

Martina atmete innerlich auf. Das war der entscheidende Punkt. »Keine weiteren Fragen. Ich denke, die Auskunft des Sachverständigen war für alle eindeutig und meine Mandantin ist freizusprechen.«

Martina ging mit Frau Neumann die Stiege zum Ausgang herab.

»Ich wünsche den beiden Damen noch einen schönen Tag.«

Martina nickte dem Sicherheitsbeamten zu und atmete die frische Luft ein. »Was haben Sie jetzt vor, Frau Neumann, nach dem Freispruch? Sie könnten gegenüber der früheren Kollegin wegen Verleumdung Rechte geltend machen.«

Frau Neumann schüttelte den Kopf. »Verstehen Sie mich nicht falsch. Aber ich möchte eigentlich nur meine Ruhe haben. Ich bin froh, dass ich einfach meine Arbeit weitermachen kann.«

Martina nickte. »Das kann ich gut verstehen. Wenn ich Sie noch irgendwie unterstützen kann, dann melden Sie sich bei mir.« Sie reichte ihrer Mandantin die Hand.

»Vielen Dank, Frau Bäumer. Ich kann Ihnen gar nicht genug danken. Auch mein Chef wird froh sein.« Das Handy von Frau Neumann klingelte. »Entschuldigen Sie bitte.«

»Alles gut. Ich muss sowieso in die Kanzlei zurück. Auf Wiedersehen.«

»Ja. Neumann.« Ihre Mandantin winkte ihr nochmals zu. Martina atmete tief durch. Geschafft. Sie ging zur Straßenbahnstation. Die Sonne blinzelte zwischen den Wolken durch. Sie warf einen Blick auf die Uhr. Fast eine Stunde bis zum nächsten Termin. Dann doch nicht die Straßenbahn. Sie bog in die kleine Gasse rechts ein und ging durch den Rathauspark, wo die hohen Bäume den Lärm der Stadt verschluckten. Martina setzte sich auf eine der Bänke, die links und rechts der Schotterwege standen. Außer ihr waren nur die Stadtgärtner und ein älterer Mann mit seinem Mops unterwegs. Sie liebte den Kontrast zwischen den Trubel im Gericht und der Ruhe im Park.

Ihr Handy vibrierte in der Aktentasche. Eine neue Nachricht von Christian.

Denkst du an Konrads Einladung? Treffen wir uns vor dem Rathauskeller?

Die Einladung zum Abendessen hatte sie schon fast verdrängt. Leider vergeblich. *Ja, ich bin da. Bis später*, tippte sie die Nachricht. Martina seufzte und machte sich auf den Weg zur Kanzlei, wo der nächste Termin auf sie wartete.

»Frau Bäumer, darf ich Sie kurz stören?« Frau Gruber, die Chefsekretärin von Peters, steckte den Kopf durch den Türspalt.

Martina zuckte zusammen und blickte von ihrer Akte auf.

»Entschuldigung, ich wollte Sie nicht erschrecken.«

»Kommen Sie herein. Ich war nur so vertieft und habe Sie gar nicht gehört.«

»Herr Dr. Peters schickt mich. Er möchte morgen nach der Strategiesitzung noch mit Ihnen sprechen. Ich habe in Ihren beiden Kalendern nachgesehen. Bis elf ist die Sitzung und danach haben Sie und Herr Peters bis zwölf Uhr keine Termine mehr.«

»Ja, das können wir so machen. Tragen Sie es mir bitte in meinen Kalender ein.« Martina klappte die Akte zu. »Wissen Sie, um welche Angelegenheit es geht?«

»Sie kennen doch unseren Herrn Dr. Peters, der erzählt mir nicht viel. Ich habe nur mitbekommen, dass er einen Anruf von dem Geschäftsführer der Bank bekommen hatte, wo Sie Frau Neumann vertreten haben.«

»Dann warten wir mal ab. Jetzt muss ich aber los. Christian und ich sind zum Essen verabredet.«

»Da wünsche ich Ihnen einen schönen Abend, Frau Bäumer.«

»Danke, das wünsche ich Ihnen auch.« Martina nahm ihren Mantel von der Garderobe und verließ gemeinsam mit Frau Gruber das Büro.

Sie lief die Wendeltreppe herab und als sie in den Innenhof trat, blies ihr ein warmer Wind entgegen. Sie zog ihren anthrazitfarbenen Mantel aus und legte ihn sich über die Aktentasche. Martina öffnete die Gittertür des Gebäudes und war mitten im Trubel. Die Cafés waren gut besucht und vor den Schaufenstern tummelten sich für die Uhrzeit noch viele Leute. Sie ging die Kärntnerstraße hoch bis zur Oper, wo gerade ihre Straßenbahn ankam. Martina lief los und schnaufte einmal durch, als sie sich auf einen Sitz fallen ließ. Beim Rathausplatz stieg sie aus. Martina schlenderte ein paar Schritte von der Straßenbahnstation durch den Park bis zu dem Rathauskeller.

Christian war noch nicht da. Sie sah auf die Uhr. Es waren ja noch ein paar Minuten Zeit. Sie suchte sich eine Sitzbank aus, wo sie den Eingang des Lokals im Blick hatte.

Martina hörte ein Quieken und Lachen. Sie drehte sich um und sah, wie ein Mann in Jeans einen Jungen im Kindergartenalter in der Luft wirbelte und das Kind jubelte. Der Mann durfte im Alter von Christian und ihr sein. Andere waren um diese Uhrzeit mit ihren Kindern unterwegs und sie beide? Martina schaute auf die Uhr am Rathaus. Es war kurz nach sieben. Sie wartete auf Christian, der wieder nicht pünktlich sein konnte. Sie hatten gleich ein Essen mit seinen Kollegen. Wo sie ihm zuliebe hinging. Wie viel schöner wäre es jetzt auf der Couch mit einem Glas Rotwein und einem Film.

»Hi! Tut mir leid, dass ich mich verspätet habe.« Christian lief auf sie zu und küsste sie.

»Lass uns gehen«, erwiderte Martina.

»Alles gut bei dir? Du schaust so komisch. Ist es, weil ich mich verspätet habe?« Er ließ sich neben sie auf die Bank nieder und blickte sie an.

»Nein, alles gut. Das kenne ich doch. Komm, lass uns gehen.« Martina stand auf und zog ihn mit hoch. Sie drehte sich nochmals zu dem Kind um. Der Junge saß auf den Schultern des Mannes. Er schaute zu ihnen beiden rüber und winkte. Sie hob kurz die Hand und wendete sich dann von ihm ab.

»Kennst du die beiden?« Christian nickte in die Richtung des Jungen.

»Nein, die haben hier nur herumgespielt. Wir haben es ja gut. Mit Kindern könnten wir nicht so einfach am Abend essen gehen«, sagte sie und spielte nervös mit der Perlenkette.

Christian musterte sie.

»Komm, oder willst du deine Kollegen noch länger warten lassen? Wir sind sowieso schon spät dran.«

Er schüttelte den Kopf. »Ja, dann lass uns lieber mal reingehen. Bin gespannt, was der Abend bringt.«

»Guten Abend. Wir freuen uns, Sie wieder bei uns begrüßen zu dürfen.« Der Oberkellner kam auf sie beide zu. »Herr Lauber und seine anderen Gäste sind bereits hier. Wir haben für Sie einen ruhigen Tisch im hinteren Bereich reserviert.«

»Guten Abend. Vielen Dank«, antwortete Christian.

Martina und Christian folgten dem Kellner durch das Restaurant zu dem Tisch unter dem Gewölbe.

»Hallo Christian, hier sind wir.« Konrad, ein großer Mann stand auf und schritt auf Christian zu und klopfte ihm auf die Schulter. »Schön, dass ihr da seid.«

»Wir freuen uns, dass du uns eingeladen hast«, sagte Christian.

Martina nickte ihm zu. »Und herzlichen Glückwunsch zu deiner Beförderung im Ministerium.«

»Danke. Wer kann der kann.« Konrad schlug sich mit seiner Hand auf die linke Schulter. »Setzt euch. Wie geht es dir, Martina? Und deinen Mandanten? Christian hatte letztes Mal erzählt, dass du so viel zu tun hast. Haben wir so viele Straffällige?«

»Ich kann nicht klagen.«

»Jedem das seine.« Er rümpfte die Nase. »Vom Strafrecht habe ich immer die Finger gelassen.«

»Hat nicht jeder Angeklagte eine Verteidigung verdient? War das nicht mal unser Grundsatz?« Martina trippelte ungeduldig mit dem Fuß und blickte ihn herausfordernd an. Was bildete er sich nur ein?

Christian legte Martina den Arm um die Schulter. »Recht hat sie. Aber lasst uns nicht nur vom Beruflichen reden.«

Konrad hob sein Weinglas. »Dann auf einen schönen Abend. Ihr habt ja noch gar nicht bestellt.« Er winkte den Kellner heran.

»Magst du ein Glas Rotwein?«, wendete sich Christian an Martina. »Der Pinot Noir hat dir doch letztes Mal gut geschmeckt.«

Martina nickte Christian zu. »Danke.«

»Für die Dame ein Glas Pinot und eine große Flasche stilles Wasser mit zwei Gläsern bitte.«

Konrad erzählte seiner Frau und der jungen Kollegin, wie sich Christian und er bei einem Seminar an der Universität kennengelernt haben. Wie oft Martina dieser Geschichte schon lauschen musste. Sie hörte dem Gespräch nicht zu, sondern stocherte mit der Gabel im Essen herum. Was wollte Peters morgen von ihr? Immer nur diese Andeutungen.

»Schmeckt dir der Tafelspitz nicht?« Christian sah sie besorgt an.

»Doch, das Essen ist wie immer lecker. Aber irgendetwas ist mir auf den Magen geschlagen.«

»Vielleicht doch deine Mandanten. Mir würde davon der

Appetit auch vergehen.« Konrad biss genießerisch in ein Stück Steak.

Martina bemerkte die Blicke der anderen auf ihr und legte das Besteck zur Seite. »Nein, lieber Konrad.« Sie spürte einen leichten Druck von Christians Hand auf ihren Oberschenkel. »Ganz und gar nicht.«

»Ich bin stolz auf Martina und freue mich, dass es bei ihr beruflich so gut läuft. Nicht viele Männer haben das Glück, eine so charmante wie auch erfolgreiche Frau neben sich zu haben«, sagte Christian.

Konrad nickte. »Ist ja gut. Lassen wir das.«

Martina war in dem Moment froh, dass Blicke nicht wirklich töten konnten. Die Augen von Konrads Frau wären für Christian sonst sehr gefährlich gewesen.

»Wollen wir den Abend abkürzen und nach dem Essen gehen?«, flüsterte Christian ihr ins Ohr.

Martina nickte. Sie war erleichtert, aus dem Restaurant und von Konrad wegzukommen.

Christian wendete sich an Konrad. »Martina und ich haben morgen beide früh Termine. Wir werden heute nicht so lange bleiben können.«

»Schade. Aber verständlich. Wir werden es auch nach dem Essen packen.« Konrad blickte zu seiner Frau und der jungen Kollegin, die kaum ein Wort während des Essens gesagt hatte.

2

»Frau Bäumer, was würden Sie in diesem Fall vorschlagen? Wie sollen wir vorgehen?« Herr Peters und die drei Kollegen um den runden Mahagonitisch sahen sie neugierig an.

Martina räusperte sich und rieb mit Daumen und Zeigefinger ihr linkes Ohrläppchen. »Wir konfrontieren die gegnerische Partei direkt, gehen so in die Offensive und bestimmen die Spielregeln. Außerdem sollten wir eine Klageschrift aufsetzen, als wohlwollendes Zeichen vorab an die Kanzlei.«

Rechts neben ihr trommelte der Kollege Meger mit den Fingern auf dem Tisch. »Frau Bäumer will natürlich wieder mal klagen.«

»Nein, Herr Meger. Wir würden einen Vergleich begrüßen. Deshalb wird die Klage noch nicht eingereicht.« Martina strich sich eine Haarsträhne hinter das Ohr. »Es ist ein Angebot von uns, dass er nicht ablehnen sollte.« Sie hielt seinem stechenden Blick stand.

»Ja, aber …«, setzte der Kollege an.

»Vielen Dank für Ihre Ausführungen, Frau Bäumer und Herr Meger.« Peters nahm seine rahmenlose Brille herab und sah Martina und den Kollegen stirnrunzelnd an. »Frau Bäumer, setzen Sie es wie vorgeschlagen um. Damit können wir das Thema beenden.«

»Na, das haben Sie wieder gut hinbekommen«, raunte ihr Meger leise zu und fuhr sich durch sein grau meliertes Haar.

»Damit haben wir für heute den letzten Punkt besprochen und können die Besprechung beenden. Nächste Woche um die gleiche Uhrzeit geht es weiter.« Peters stand auf und umrundete den Tisch und setzte sich hinter seinen Schreibtisch. »Frau Gruber wird Ihnen die Themen für die Sitzung kommende Woche wieder mitteilen. Vielen Dank. Ich wünsche Ihnen noch einen erfolgreichen Tag.« Er blickte zu Martina. »Frau Bäumer, Sie bleiben gleich hier. Wir können unsere Besprechung direkt anschließen.«

Meger blickte skeptisch Peters und danach Martina an. »Was soll das werden? Audienz beim Chef?«, raunte er ihr beim Vorbeigehen zu und nickte Peters am Schreibtisch zu. »Ich verabschiede mich. Ich habe noch einen Termin.«

Die junge Anwältin Hauser und Gerhard Braun folgten ihm und verabschiedeten sich. Kollege Braun lächelte ihr aufmunternd zu.

»Nehmen Sie Platz.« Herr Peters zeigte auf den Stuhl vor seinem Schreibtisch.

Martina setzte sich und wunderte sich einmal mehr, dass auf Peters Arbeitsplatz kein einziger Notizzettel oder eine offene Akte herumlag, sondern alles seine Ordnung hatte. So könnte sie nicht arbeiten.

»Worüber ich mit Ihnen sprechen wollte ...« Peters riss sie aus ihren Gedanken.

»Ja?«

»Wir haben bereits vor einigen Monaten über Ihre Entwicklung in der Kanzlei gesprochen. Und ich bekam gestern einen Anruf von Herrn Mayerhofer, dem Geschäftsführer der Bank, den ich seit Jahren in verschiedenen Angelegenheiten vertrete. Er hat sich für die profunde Verteidigung von Frau Neumann bedankt. Dem kann ich mich nur anschließen. Danke, dass Sie den Fall von mir übernommen haben.«

»Das habe ich gerne gemacht. Frau Neumann war unschuldig und das konnten wir auch bei Gericht belegen.«

Peters verschränkte die Finger ineinander und blickte Martina forschend an. Sie atmete tief durch. In ihrem Magen kribbelte es.

»Können Sie sich vorstellen, in nächster Zeit und gegebenenfalls langfristig wichtige Fälle von mir zu übernehmen?«

»Ja, es würde mich freuen, wenn ich Sie hier unterstützen kann. Ich hoffe, es geht Ihnen gut, nachdem was vor Kurzem passiert ist.« Martina biss sich auf die Lippe. Hatte sie sich den letzten Satz nicht sparen können? Sie rutschte unruhig auf dem Stuhl hin und her.

»Frau Bäumer, mein Gesundheitszustand spielt hier keine Rolle.« Er sah sie eindringlich über den Brillenrand an. »Ich möchte Ihren Erfolg würdigen und Ihnen die Gelegenheit geben, sich als potenzielle Partnerin meiner Kanzlei zu beweisen.«

Ihre Gedanken überschlugen sich. Martina atmete tief durch. »Vielen Dank, das ist eine einmalige Chance.«

»Das ist mir durchaus bewusst. Ich möchte Sie und Herrn Meger langfristig als Partner aufbauen und mich zukünftig auf die strategische Ausrichtung der Kanzlei und auf wenige bedeutsame Mandanten konzentrieren.« Er schenkte sich aus der Kristallkaraffe ein Glas Wasser ein und nahm zwei große Schlucke.

Frau Gruber klopfte und streckte den Kopf durch den Türspalt. »Darf ich kurz stören?«

»Jetzt nicht! Ich komme nach dem Gespräch mit Frau Bäumer zu Ihnen.« Er wendete sich Martina wieder zu. »Aktuell haben Sie und Herr Meger zwei wichtige Fälle. Sie haben den Korruptionsfall von Holler und Sie wissen ja, wie gut er vernetzt ist. In dieser Zeit möchte ich keine Nebenkriegsschauplätze eröffnen. Überlegen Sie sich, ob Sie die Partnerschaft annehmen möchten, und dann können wir nach dem abgeschlossenen Fall von Holler alles weitere in Ruhe besprechen.«

»Vielen Dank für das Angebot, Herr Peters. Die Partnerschaft bedeutet mir viel. Ich freue mich wirklich darüber.«

»Davon bin ich überzeugt. Dann zeigen Sie beim Fall Holler, was Sie drauf haben. Der Mandant und ich gehen von einem Freispruch aus.« Peters nahm die Brille ab und wischte sich mit den Handrücken den Schweiß von der Stirn. »Gibt es noch etwas?«

»Von meiner Seite nicht.« Martina stand auf und öffnete die Tür.

»Eins noch. Wenn Meger und Sie Partner werden möchten, dann ersparen Sie uns beide Ihre Streitereien. Schönen Tag noch.«

»Ja, natürlich.« Martina schloss die Tür hinter sich.

Frau Gruber sah von ihrem Bildschirm auf. »Alles gut, Frau Bäumer?«

»Ja, alles gut, sogar bestens.«

»Da bin ich beruhigt. Ich wollte Sie beide zuerst nicht stören. Es war ein wichtiger Anruf für Dr. Peters.«

Martina lächelte die ältere Frau an. Frau Gruber war die gute Seele der Kanzlei und machte sich schnell Sorgen. »Sie kennen ihn ja. Aber er hat es nicht so gemeint. Ich bin im Büro. Melden Sie sich bitte, wenn der Mandant kommt.«

»Wird gemacht. Frische Getränke für Sie und den Mandanten?«

»Ja, das wäre nett.«

Martina ging in ihr Büro, das auf der gegenüberliegenden Seite von Peters lag. Sie ließ sich auf ihren dunklen Stuhl nieder und schmunzelte. Endlich bot er ihr die Partnerschaft an. Aber warum musste Meger, der eingebildete Affe, auch mit an Bord sein? Sie musste sich jetzt wirklich zusammenreißen und durfte sich von ihm nicht provozieren lassen. Sie hatte so hart hierfür gearbeitet.

Das Telefon klingelte. »Bäumer.«

»Der Mandant wäre da«, kündigte Frau Gruber an.

»Einen Moment. Bitten Sie ihn kurz ins Wartezimmer. Ich hole ihn dann in wenigen Augenblicken ab.«

»Guten Abend, Frau Anwältin.« Martina lief gerade unter dem offenen Fenster der Hausmeisterin vorbei und der Spott in der Stimme der alten Dame war kaum zu überhören.

»Guten Abend, Frau Lendinger.«

Wie fast jeden Freitagabend, wenn Martina ihre Eltern besuchte, stand die Hausmeisterin mit ihrer geblümten Schürze und den hochgesteckten weißen Haaren am Fenster. Nichts entging ihrem Blick. Sie wusste alles, was in dem grauen, kasernenähnlichen Gemeindebau passierte. Hier war Martina groß geworden. Frau Lendinger war schon Hausmeisterin, als sie im Hof als kleines Mädchen mit den anderen Kindern gespielt hatte. Frau Lendinger schimpfte wie ein Rohrspatz, wenn sie zu laut waren oder der Ball an der Mauer abprallte. Das Surren des Türöffners riss Martina aus den Gedanken. Sie drückte die Tür auf und lief die Stufen in den ersten Stock hoch, wo ihr Vater schon mit einem Lächeln in der geöffneten Wohnungstür stand.

»Komm rein. Mama und ich warten schon auf dich. Wir essen gleich.« Er umarmte sie und Martina drückte sich an ihn. Sie roch sein Rasierwasser. Ein herber Duft, den sie seit Kindheitstagen kannte.

»Tut mir leid. Das letzte Gespräch hat heute etwas länger gedauert.«

»Kein Problem. Ich freue mich, dass du da bist.« Er nahm ihr die Tasche ab und stellte sie in der Garderobe auf der gepolsterten Bank ab.

»Riecht das lecker. Sag nicht, es gibt frischen Apfelstrudel.«

Ihr Vater nickte und zwinkerte ihr zu. »Mit Vanillesoße.«

»Wo bleibt ihr denn solange? Kommt ins Wohnzimmer!«

Martina atmete tief durch, als sie den Befehlston ihrer Mutter hörte und öffnete die Glastür zum Wohnzimmer. »Hallo Mama! Tut mir leid. Es hat etwas länger in der Arbeit gedauert.«

»Schon gut. Jetzt bist du ja da.« Anna Bäumer saß bereits auf der Eckbank am Esstisch und schnitt den Apfelstrudel in Stücke.

Ihr Vater zog einen Stuhl vor und setzte sich. Dabei stütze er seinen Rücken mit der rechten Hand ab und verzog das Gesicht vor Schmerzen.

»Was hast du?« Martina sah ihren Vater besorgt an.

»Wieder mal der Rücken. Habe heute im Keller das Regal zusammengebaut. Die ganze Zeit das Bücken. Alt werden wir langsam.«

»Und zum Arzt will dein Vater ja nicht gehen. Was hab ich mir den Mund fusselig geredet.« Ihre Mutter nahm ein Stück Apfelstrudel und verteilte die Vanillesoße großzügig auf dem Teller. »Hier für dich, Martina.«

»Danke. Denkst du nicht, dass Mama recht hat?«

Herbert runzelte die Stirn. »Ich weiß, ihr meint es nur gut. Aber was soll er machen? Mir wieder Spritzen geben? Das war einfach das viele Heben und Bücken den ganzen Tag in der Werkstatt früher. Aber jetzt Schluss mit meinem Rücken. Lasst es euch schmecken.«

Anna schüttelte den Kopf. »Mahlzeit.«

»Mahlzeit.« Martina tauchte ein Stück Apfelstrudel in die Vanillesoße und probierte. Niemand konnte den Apfelstrudel so perfekt backen wie ihre Mutter. Es schmeckte himmlisch.

»Jetzt erzähl mal. Wie war die Woche bei dir?« Anna blickte sie neugierig an.

»Es war alles gut. Viel Arbeit. Aber es hat sich ausgezahlt. Peters meinte, dass er mit mir nächste Woche über die Partnerschaft reden möchte, sobald der aktuelle Fall vorbei ist.«

»Gratuliere dir, Martina. Da wünsche ich dir alles Gute. Pass aber auf dich auf, dass du dich nicht übernimmst«, sagte ihr Vater.

»Ach Herbert, du schon wieder. Das sind ja wunderbare Neuigkeiten. Du und Partnerin in der Rechtsanwaltskanzlei. Ab wann ist es so weit?«

Ihr Vater stupste Martina mit dem Ellbogen an. »Deine Mutter kann es gar nicht erwarten, noch mehr mit dir anzugeben.«

Martina lachte. Von der Seite sah sie, wie ihre Mutter die Augen verdrehte und ihnen beiden einen giftigen Blick zuwarf.

»Ist es denn ein Verbrechen auf seine Tochter stolz zu sein?«, fragte ihre Mutter schnippisch und presste die dünnen Lippen aufeinander.

»Nein, Mama, ist es nicht.« Martina fuhr sich mit der Hand durch die Haare. »Aber es ist noch nicht ganz sicher. Also bitte behalte es für dich.«

»Ist ja gut. Ich habe euch beide schon verstanden. Vater und Tochter halten wieder einmal zusammen.«

Herbert legte seiner Frau beschwichtigend seine rechte Hand auf ihre, blickte sie an und lächelte.

Anna schüttelte kurz den Kopf. Ihre Miene hellte sich auf.

Wie ihr Vater immer nur so ruhig bleiben konnte, wenn ihre Mutter nörgelte, blieb Martina ein Rätsel. Das Telefon läutete. Anna stand auf und Martina hörte vom Vorzimmer gedämpft: »Hallo, Renate«. Mehr verstand sie nicht mehr, da die Mutter in die Küche ging und die Tür hinter sich schloss.

Ihr Vater seufzte. »Das kann jetzt länger dauern. Wenn die beiden erst mal angefangen haben zu quatschen.«

»Kein Problem.« Sie sah auf die Uhr. »Heute ist es schon spät. Ich wollte mir noch ein paar Sachen fürs Wochenende einkaufen. Ist es schlimm, wenn ich schon aufbreche?«

»Nein, du hast sicher viel zu tun.«

Martina stand auf und nahm ihren Teller.

»Lass nur. Das räume ich dann ab.«

Martina drückte ihren Vater bei der Türe zum Abschied.

»Lass dir bitte nicht alles von ihr gefallen.«

»Du kennst sie ja, mach dir keine Sorgen. Kümmere dich um dich.« Er blickte sie mit einem nachdenklichen Blick an.

Martina nickte. »Bis nächste Woche.«

»Bis dann. Pass auf dich auf. Grüße Christian schön von uns.«

»Mache ich.«

Als sie aus dem Stiegenhaus kam und nach wenigen Schritten den Durchgang vom Gemeindebau auf die Straße verließ, atmete sie tief durch. Geschafft, ihre Mutter war anstrengender als ein ganzer Gerichtssaal voll Leuten.

3

Das Handy vibrierte auf dem Nachtkästchen. Martina drehte sich im Bett um und stöhnte genervt auf. Einmal könnte sie ausschlafen und dann das. Wer störte sie in aller Früh und ausgerechnet am Samstag? Sie öffnete die Augen und die Sonnenstrahlen, die durch das Dachfenster drangen, blendeten sie. Sie blinzelte und griff nach dem Handy neben ihr. Eine neue Nachricht von Christian.

Guten Morgen. Wir sind gerade in Puchberg angekommen und fahren zum Schneeberg hoch. Mache dir einen schönen Tag. Freue mich auf morgen.

Unter der Nachricht war noch ein Bild von Christian mit seinen beiden Freunden vor der Bahnstation. Alle in Wanderausrüstung und mit einem breiten Strahlen im Gesicht.

Was machte er schon dort? Sie rieb sich die Augen. Es war bereits kurz vor neun. Hatte sie lange geschlafen. *Ich wünsche euch eine schöne Wanderung. Freue mich auch auf morgen. Bis später*, tippte sie schnell.

Sie legte das Handy zurück und streckte sich. Wie gemütlich wäre es, sich jetzt nochmals umzudrehen und weiter zu schlummern. Aber die Akten warteten auf sie. Mit einem Seufzen stand sie auf, trabte in die Küche und schaltete die Kaffeemaschine ein. Während sie auf ihren Espresso wartete, räumte sie das Rotweinglas von gestern Abend in den Geschirrspüler und die Pizzaschachtel in den Müll.

Ein kleines Frühstück musste heute reichen. Schnell die Akten bearbeiten, dann bleibt vom freien Tag noch etwas übrig. Der Duft des frisch aufgebrühten Kaffees strömte ihr entgegen. In der Schublade bei der Kücheninsel hatte sie eine angefangene Sandwichpackung. Schnell toastete sie zwei Scheiben und nahm sich Butter und die selbst gemachte Marillenmarmelade von Frau Gruber aus dem Kühlschrank. Mit dem kleinen Servierbrett ging sie durch das Wohnzimmer ins hintere Arbeitszimmer. Martina setzte sich, schob die Akten zur Seite und stellte das Brett auf den Tisch.

Sie öffnete den Laptop und las neben dem Frühstück ihre Mails und beantwortete diejenigen, die sie gestern im Büro nicht mehr geschafft hatte. Martina schlug die Mappe mit der Akte Holler auf und überflog ihre handgeschriebenen Notizen. Zwei Zeugen waren für Dienstag noch geladen und die Plädoyers standen bevor. Wie immer schrieb sie diese zu Hause, wo sie sich in Ruhe konzentrieren konnte, anders als im Büro, wenn Frau Gruber oder einer der Kollegen hereinplatzen und nur kurz etwas wollten. Die Sachverhaltsdarstellung war eindeutig, hinsichtlich der Einordnung der Beweise wurde es schwieriger. Sie müsste sich hier noch eine gute Strategie und

Argumente überlegen, wie sie das Gericht von einem Freispruch für ihren Klienten überzeugen konnte.

Das Klingeln des Telefons riss sie aus ihren Gedanken. Wo hatte sie das Handy hingelegt? Das gedämpfte Geräusch des Handys kam von der Wohnzimmercouch unter der grünen Wolldecke. Sie drückte hastig den Annahmeknopf.

»Bäumer.«

»Hallo, Martina, warum so förmlich, wenn es nur dein guter alter Freund ist?«

Sie hörte sein glucksendes Lachen. »Hallo, Paul! Hatte nicht auf das Display geschaut.«

»Ja, ja, wie immer ist Frau Anwältin im Stress.«

»Und Paul hat wie immer einen Spruch auf Lager«, erwiderte sie.

Paul zögerte. »Was machst du? Hast du kurz Zeit?«

»Ich schreibe gerade ein Plädoyer für Dienstag. Aber es passt. Ich freue mich ja, wenn du dich rührst.«

»Wie immer beschäftigt. Ich bräuchte mal dein Rat. Es ist schwierig.«

»Was ist los? Magst du auf einen Kaffee vorbeikommen?«

»Dieses Wochenende geht es nicht. Barbara fühlt sich nicht gut. Ich kann gerade auch nicht so reden. Wollte dich fragen, wie es bei dir unter der Woche aussieht?«

»Was hältst du davon, wenn wir am Montag mittags gemeinsam bei Marco essen? Dann können wir in Ruhe reden.«

»Zwölf oder dreizehn Uhr? Wie sieht es bei dir aus?«, fragte Paul.

»Dreizehn Uhr ist perfekt. Wenn etwas ist, dann rufe an und lass Barbara lieb grüßen von mir.«

»Danke dir. Wünsche dir ein schönes Wochenende.«

»Euch auch. Bis dann.« Martina legte das Telefon auf den gläsernen Couchtisch. Was wohl mit Paul los war? Er, der immer gut gelaunt war. Vielleicht etwas in der Arbeit oder mit seiner Frau?

Sie ging in die Küche und holte sich noch einen Kaffee. Martina ergänzte das Plädoyer um zwei entlastende Argumente. Sie schlug die Akte zu und stand auf. Ihre Schultern waren verspannt, sie streckte sich und machte ein paar Lockerungsübungen. Mehr Bewegung würde ihr wirklich guttun. Aber für heute war Schluss mit Arbeit und allem anderen, was sie tun sollte und müsste. Inzwischen war es schon wieder früher Nachmittag. Wollte sie es heute nicht ruhiger angehen? Ihr Magen knurrte, aber bis auf Butter, ein wenig Aufschnitt und ein paar Tomaten war das Angebot sehr übersichtlich. Martina nahm aus der Schublade in der Garderobe die Broschüren von einigen Lieferdiensten in der Nähe. Sie blätterte sie durch und entschied sich doch wieder für die *Trattoria Romana*, den Italiener um die Ecke am Bahnhof. Sie bestellte online Spaghetti aglio é olio und einen kleinen Insalata Mista. Die Bestellbestätigung kam per Mail. In dreißig Minuten sollte das Essen kommen. Martina suchte aus dem Fernsehregal ein paar DVDs raus. Als sie Humphrey Bogart und Ingrid Bergman am Cover sah, war die Entscheidung klar. Wie oft hatte sie nun schon Casablanca gesehen? Egal, sie liebte diesen Film! Martina kuschelte sich auf die Couch und kroch unter die Wolldecke.

Am nächsten Morgen deckte Martina den Tisch für Christian und sich und zündete zwei Teelichter an. Sie wählte am Handy eine Playlist Lovesongs aus. Die Musik erfüllte den Raum. Die gemeinsamen Frühstücke am Sonntag waren ihr Ritual. Zeit nur für sie beide. Sie schnitt gerade die Tomaten in Stücke, als es an der Tür läutete. Christian stand vor der Tür. Sie öffnete ihm.

»Frühstücksdienst.« Er sah sie mit einem verschmitzten Lächeln an.

»Komm rein.«

Er zog sie an sich und küsste sie.

»Hmm, komm rein.«

Christian streckte ihr das Sackerl vom Bäcker entgegen. »Habe auch ein paar Eier und Orangensaft mitgenommen. War mir nicht sicher, ob du alles hast.«

»Du kennst mich gut. Wollte am Freitagabend noch einkaufen, aber da war so viel los.«

Sie stellte das Sackerl auf die Kücheninsel und schaltete die Kaffeemaschine an. Der Duft verteilte sich in der Küche. »Frühstück ist gleich fertig.«

»Am Anfang war noch viel los, aber am Ende, wie wir am Gipfel zu dritt gestanden sind, war es, als wenn wir alleine auf dem Berg gewesen wären. Völlig abgeschottet von der Welt. Das Wetter, der Ausblick, es war einfach sagenhaft. Vielleicht ein bisschen viel Sonne«, er fuhr sich über die geröteten Geheimratsecken am Kopf und strahlte sie an.

Martina schmunzelte. Sie liebte an ihm, dass er sich wie ein kleiner Junge von der Welt begeistern lassen konnte.

»So, und was wollen wir heute machen?«, fragte Christian sie. »Für einen Herbsttag ist es noch richtig angenehm warm draußen. War total überrascht, als ich vorm Bäcker kurz warten musste.« Er krempelte die Ärmel seines Hemds hoch.

»Da ich gestern den ganzen Tag zu Hause war, würde ich gerne draußen etwas machen. Wie sieht es bei dir aus, nach der gestrigen Wanderung?«

Christian streckte sich und straffte seine Schultern nach hinten. »Ich bin schon wieder ganz fit.«

Martina schmunzelte.

Er ließ locker. »Nein im Ernst. Eine Bergwanderung brauche ich heute nicht, aber ein Spaziergang und später gemeinsam wo einkehren, da wäre ich dabei.«

»Wollen wir zum Kahlenberg rauf, oben ein Runde drehen und dann schauen wir weiter?«, fragte Martina ihn.

»So machen wir das. Magst du dich fertigmachen? Ich kümmere mich um die Küche.«

Sie nickte, stand auf. Christian zog sie beim Vorbeigehen auf sich und küsste sie leidenschaftlich.

»Gott sei Dank ... Der Parkplatz!« Christian fuhr sich mit den Händen über die Oberschenkel, als sie zwischen den Bäumen hervortraten.

»Setzt dir die Wanderung doch noch zu?«

»Wer spricht denn von der Wanderung?« Er zwinkerte ihr zu.

»Du bist unmöglich.« Sie kniff ihm in die Seiten. »Wer hat mich denn auf sich gezogen, wo ich mich doch nur schnell umziehen wollte?«

»Tue nicht so unschuldig.« Christian lachte los.

Sein Lachen und das Strahlen in seinen Augen lösten bei ihr ein Kribbeln im Bauch aus. »Ich gebe mich geschlagen. Wollen wir bei der Aussichtsterrasse noch einen Kaffee trinken, bevor wir wieder fahren?«, fragte Martina.

»Gute Idee.«

Sie überquerten den Parkplatz Hand in Hand und suchten nach einem freien Tisch.

Martina sah sich um. Die Tische waren voll besetzt, die beiden Kellner servierten Kaffee und Kuchen an die Gäste. »Sieht nicht gut aus.«

»Heute hatten wohl einige die Idee, bei dem schönen Wetter hierher zu fahren. Wahrscheinlich das letzte spätsommerliche Wochenende. Dann lass uns mal nach vorne gehen. Heute haben wir sicher eine tolle Aussicht.« Er hakte sich bei ihr unter.

Zwei junge Mädchen standen auf dem Aussichtspunkt,

stellten sich verkrampft hin, setzten ihr schönstes Lächeln auf und machten Selfies.

Christian flüsterte ihr ins Ohr. »So läuft das heute. Kurz hochfahren, Fotos machen und dann wieder weg. Vom Alter her könnten die beiden unsere Kinder sein.«

»Mag sein.« Martina ging nach vorne und blieb ein paar Schritte von den Mädchen entfernt stehen. Sie stützte ihre Arme auf dem Geländer ab. Dann atmete sie durch und sah in die Ferne. Die Stadt lag ihr zu Füßen. Von der Donau über die Innenstadt ließ sie ihren Blick schweifen. »Ist das schön hier.«

Christian stellte sich hinter sie und legte seinen Arm um ihre Hüften. »Mitten in der Stadt und doch ganz weit weg.«

Sie lehnte sich an Christian und schloss die Augen. »Manchmal würde ich mir auch wünschen, dass wir beide ganz weit weg sind. Von allem hier und einfach mehr Zeit für uns haben.«

»Warum fangen wir nicht gleich damit an?«

»Hmm.« Martina seufzte.

»Was ist los? Warum zögerst du?« Christian stellte sich neben Martina.

Sie bekam eine Gänsehaut, wie er sie aus seinen tiefgrünen Augen ansah und seine Hand auf ihren Arm lag. »Es ist nur. Peters hat mir die Partnerschaft angeboten und das bedeutet …«

Er zog seine Hand von ihr zurück. »Und das bedeutet, dass du noch mehr arbeiten musst.«

»Christian, nicht mehr lange. Wenn der Fall Holler in ein

paar Tagen durch ist, will er mit mir alles durchgehen. Dann ist es endlich geschafft.«

»Glaubst du das wirklich?« Er sah sie eindringlich an. »Oder wird es nicht noch mehr? Verstehe mich nicht falsch, Martina, ich unterstütze dich. Aber ich mache mir auch ehrlich Sorgen um dich und um uns.«

»Komm, wir halten hier ein paar Leute auf, die Fotos machen wollen.« Sie nahm ihn an die Hand und ging ein paar Schritte zurück. »Ich möchte auch mehr Zeit für uns haben. Ich verspreche es dir.«

Er drückte ihre Hand und nickte.

Martina erblickte einen freien Tisch am Rande des Cafés. »Komm, da ist gerade eine Familie aufgestanden. Lass uns hinsetzen.«

»Einverstanden. Dann lass uns den Moment genießen. Schauen wir mal, was der Tag noch bringt.«

Sie war erleichtert, dass Christian das Thema für den Moment ruhen ließ.

4

Martina gähnte und atmete einmal tief durch. Sie drückte die Türklinke der Kanzleitür herunter und hängte ihren Mantel in der Garderobe ab.

»Guten Morgen, Frau Bäumer.«

»Guten Morgen, Frau Gruber. Ich komme gleich zu Ihnen.« Wie machte Frau Gruber das nur? Montagmorgens und sie sah mit ihrem grünen Hosenanzug und dem grauen Pagenkopf wie aus dem Ei gepellt aus. Martina hatte Mühe schon richtig aus den Augen zu sehen. Sie nahm ihre Aktentasche und stellte sie auf den Tresen im Eingangsbereich, wo Frau Gruber die Blumen goss.

»Ich mache gleich frischen Kaffee. Soll ich Ihnen auch eine Tasse bringen, Frau Bäumer?«

»Sie sind ein Schatz. Sehen Sie mir das an, dass ich noch einen Kaffee gebrauchen kann?«

Frau Gruber blickte für einen Moment auf ihre Schuhe. »Nein, nein. So war es nicht gemeint.«

Martina tat es leid, Frau Gruber in Verlegenheit gebracht zu haben. »Ich freue mich wirklich über eine Tasse. Wie war Ihr Wochenende?«

Das Gesicht der Sekretärin strahlte. »Jonas, unser Ältester war mit den Zwillingen da und es war das erste Mal, dass sie am Wochenende bei uns übernachtet haben. Und bei dem Wetter waren wir viel im Garten draußen.«

Martina hörte von hinten ein Räuspern.

»Guten Morgen, die Damen. Ein Schwätzchen am Morgen kann nie schaden.« Kollege Meger kam auf sie zu.

»Guten Morgen. Soll ich Ihnen gleich einen Kaffee bringen?« Frau Gruber blickte ihn entschuldigend an.

»Guten Morgen, Herr Kollege.« Martina musste sich ein Lächeln abringen.

»Ja, Kaffee und die Akten vom Fall Höger gegen Sandner. Wünsche einen schönen Tag.«

»Ihnen auch«, sagte Martina. Sie konnte ihn nicht ausstehen. Dieser aufgeblasene Typ.

Die Tür fiel von Megers Büro zu.

»Machen Sie sich nichts draus. Sie kennen ihn ja. Ich freue mich, dass Sie ein schönes Wochenende mit Ihren Enkeln hatten.«

»Danke, das ist nett von Ihnen.«

»Ein Moment bitte noch.« Martina nahm die Unterlagen aus ihrer schwarzen Aktentasche. »Ich habe hier noch einige Notizen für Sie dazu. Danach können diese abgelegt werden.«

»Wird erledigt.«

»Danke.«

Das Telefon klingelte. »Ja, Frau Gruber?«

»Herr Künziger, der Assistent von Holler würde Sie gerne kurz sprechen. Soll ich ihn durchstellen?«

»Ja, tun Sie das bitte. Hat er gesagt, was er möchte?«

»Nein, hat er nicht. Ich verbinde Sie.«

Morgen war die Verhandlung. Was war jetzt noch wichtig? Wir hatten alles besprochen. »Bäumer. Guten Morgen, Herr Künziger.«

»Guten Morgen, Frau Magister Bäumer.«

»Wobei kann ich Ihnen behilflich sein?«

Künziger räusperte sich. »Herr Holler hätte ein Anliegen, das nichts mit dem Fall zu tun hat.«

»Ja?« Martina blickte entnervt auf die Wanduhr.

»Er würde Sie gerne um Ihren Rat in einer persönlichen Sache fragen. Hätten Sie dazu morgen vor der Verhandlung Zeit?«

»Die Verhandlung geht ab 9:30 los. Ich wäre ab neun Uhr bei Gericht.«

»Herr Holler würde Sie bitten, vorher zu ihm ins Büro zu kommen.«

Jetzt schlug es aber dreizehn. Sie war nicht seine persönliche Assistentin, die sprang, wie er möchte. Sie dachte an die Partnerschaft und würde ruhig bleiben.

»Frau Magister?«

»Da ist schwierig. Aber ich werde es einrichten. Ich komme um acht Uhr zu Herrn Holler ins Büro und dann können wir direkt im Anschluss gemeinsam zu Gericht gehen. Aber jetzt müssen Sie mich entschuldigen, ich habe noch Termine.«

»Vielen Dank, Frau Magister. Entschuldigen Sie die Störung. Ich wollte Sie nicht aufhalten. Wünsche Ihnen noch einen schönen Tag.«

»Auf Wiederhören.« Martina ließ das Telefon auf den Schreibtisch sinken. Sie stand seufzend auf, stellte sich ans Fenster und spielte gedankenverloren an ihrer Perlenkette herum. Unter ihr saßen die Leute im Café oder schlenderten gemütlich die Einkaufsstraße entlang. Gab es etwas, das den Fall noch gefährden konnte? Hatte es etwas mit einen der beiden Zeugen von morgen zu tun? Das waren beides Mitarbeiter von Holler, die ihn als gewissenhaften und zuverlässigen Arbeitgeber zeigen sollten. Nein, Herr Künziger hatte doch gesagt, es hatte nichts mit dem Fall zu tun. Warum konnte Holler nicht einfach anrufen und sagen, was er wollte? Morgen war der letzte Verhandlungstag. Dann war der Fall abgeschlossen und sie konnte mit Peters endlich über die Partnerschaft reden. Sie hörte ein sachtes Klopfen an der Tür. Ein letzter sehnsüchtiger Blick zu den Personen im Café und sie wendete sich ab. »Ja, herein.«

»Martina, hast du einen Moment für mich?«

»Ja, Gerhard. Komm nur rein. Du bringst mich gleich auf andere Gedanken.«

»Alles gut?« Er sah sie mit seinen tiefbraunen Augen an.

Sie kann verstehen, warum ihr jüngerer Kollege von den

Kolleginnen und Mandantinnen so umschwärmt wurde. »Ja, natürlich. Hatte nur gerade einen seltsamen Anruf von Hollers Assistent. Wie sieht es bei dir aus?«

Er setzte sich und schlug auf dem Oberschenkel die Akte auf. »Ich habe hier den Fall Weißenhaus, wo die Mandantin schuldig gesprochen wurde.«

»Ja, ich kann mich erinnern. Sie ist rechtskräftig wegen Brandstiftung schuldig gesprochen worden. Sie müsste ihre Haftstrafe bereits angetreten haben.«

Der junge Anwalt sah sie aufmerksam an. »Ja, soweit richtig. Jetzt ist sie wieder auf mich zugekommen und will den Tagesspiegel verklagen, weil die Journalisten nicht nur über den Fall, sondern auch über private Details von ihr berichtet haben.«

»Eigentlich nichts für unsere Kanzlei.« Martina stützte ihr Kinn mit der rechten Hand ab.

»Eigentlich?« Braun blickte sie über den Schreibtisch auffordernd an. »Können wir das Mandat wieder übernehmen?«

»Ich würde kurz mit Peters sprechen. Er trifft die Entscheidung. Ich würde es im Fall einer meiner Mandanten machen. Nach dem Mediengesetz würde ihr hier auf jeden Fall Schadensersatz zustehen.«

Er schnipste mit den Fingern. »Danke. So sehe ich es auch.« Er schenkte ihr ein Lachen und stand auf. »Mittagszeit. Bis später.«

Mittagszeit? Ja, es war schon halb eins. »Bis später.«

Viel hatte sie heute noch nicht geschafft mit den ganzen

Gesprächen. Sie packte schleunigst die Akte Holler in die Aktentaschen, fuhr den PC herunter und verließ ihr Büro.

»Ich verabschiede mich für heute. Ich arbeite am Nachmittag von zu Hause aus. Wenn Anrufe sind, dann bitte auf Mittwoch verschieben. Wenn etwas wirklich Wichtiges oder Dringendes ist, dann wissen Sie ja, wo Sie mich erreichen.« Martina nickte Frau Gruber beim Vorbeigehen zu.

»Ich weiß Bescheid, Frau Bäumer. Viel Erfolg für morgen.« Sie streckte die beiden Daumen hoch.

Martina schmunzelte. »Danke. Auf Wiedersehen.«

Martina bog in die kleine Seitengasse von der Einkaufsstraße ab. Sie verließ damit die herumeilenden Personen und den Lärm um sie herum. Von Weitem sah sie Paul schon, der ihr zuwinkte. Gemütlich lehnte er an der Wand vor dem Italiener. Sie konnte sich das Lachen nicht verkneifen, als sie seine Cowboystiefel und die dazu passende braune Lederhose sah. »Hallo, Paul. Wartest du schon lange?«

»Hallo, meine Lieblingsanwältin. Auf dich warte ich doch immer gerne.« Er umarmte sie und küsste sie auf beiden Wangen.

»Tut mir leid, Cowboy.«

»Keine Sorge, bin auch gerade gekommen.«

Sie standen bei den Tischen mit den karierten Tischtüchern vor dem Restaurant. »Wollen wir reingehen? Beim Essen wird es sonst etwas frisch.«

»Ja, können wir gerne machen. Man merkt langsam wirklich den Herbst. Am Wochenende war es noch so angenehm mild in der Sonne.« Sie ging voraus und im Lokal empfang sie eine wohlige Wärme und der Geruch aus der Küche.

»Buongiorno.« Marco kam auf sie zu, die Speisekarte unter dem Arm. Das Lächeln vertiefte die Falten um seine Augen.

»Buongiorno«, erwiderte sie die Begrüßung herzlich.

»Es freut mich sehr, dass ich Sie wieder sehe. Ich dachte, Sie beide wären mir untreu geworden.«

»Nein, nein. Wie könnten wir nur? Sie sind unser absoluter Lieblingsitaliener und Sie möchten doch nicht, dass ich verhungere?«, fragte Paul.

Marco schlug die Hände ineinander. »Natürlich nicht. Dann nehmen Sie Platz. Hier der zweite Tisch links ist noch frei. Ich bringe gleich die Karten. Mineralwasser wie immer für Sie beide?«

Sie nickten. Martina legte ihre Tasche und den Mantel auf die Bank neben sich. Die alten Tische aus dunklem Eichenholz, die leicht vergilbten Fotos aus Venedig auf der Wand und die italienischen Lieder, die sie schon aus der Kindheit vom Urlaub kannte, gaben ihr jedes Mal ein Gefühl, als würde hier die Zeit still stehen. Weit weg von den ganzen Aufgaben und Terminen, die jeden Tag erledigt werden mussten.

»Die Speisekarte.« Marco reichte sie ihnen und stellte die Getränke auf den Tisch. »Ich kann auch das Mittagsmenü empfehlen. Entweder die Spaghetti al pomodoro e basilico oder eine Pizza Prosciutto.«

»Dann brauche ich gar nicht die Karte. Paul, magst du noch schauen?«

»Nein, ich werde mich dann für die Spaghetti entscheiden.«

»Dem schließe ich mich an. Dann für uns beide die Spaghetti al pomodoro.«

Martina trank ein Schluck. Paul wirkte wie immer, nicht so bedrückt wie samstags am Telefon.

»Schon, dass du dir Zeit genommen hast, Martina. Ich weiß ja, dass morgen die Verhandlung ansteht. War heute im Tagesspiegel ein kleiner Bericht drin. Mit einem Foto von dir und Holler.«

Martina seufzte. »Ich bin froh, wenn der Fall vorbei ist und sich die ganze Aufregung legt und das Interesse der Medien wieder zurückgeht.«

»Wenn du auch so ein Kaliber verteidigst.«

Martina kannte Pauls abschätzigen Blick, wenn er jemanden nicht leiden konnte oder etwas ungerecht empfand. Sie hob abwehrend die Hände. »Ich weiß, er ist kein Heiliger.«

»Nicht nur in diesem Fall. Wir bekommen von seinen Mitarbeitern reihenweise Beschwerden rein. Gerade jetzt bei dem neuen Bauprojekt …«

»Lass uns bitte über etwas anderes sprechen. Wenn ich nur an Holler und den Fall denke, vergeht mir der Appetit.«

Paul nickte. »Das kann ich gut verstehen.«

Martina beugte sich zu Paul vor. »Du wolltest mit mir reden. Es klang ziemlich ernst. Was ist passiert?«

Er fuhr sich über die Stirn. »Es ist wegen Barbara. In ein paar Tagen ist Sophies …« Paul vergrub das Gesicht für einen Moment in den Händen. »Da ist Sophies Todestag.«

»Ja, ich weiß. Geht es Barbara wieder schlechter?«

Paul nickte. »Die Tage darum waren in den letzten Jahren immer schon schwer. Ich versuche, Barbara zu helfen, aber auch ich vermisse meine Tochter so sehr. Das merkt sie gar nicht und sie macht mir Vorwürfe, dass wir damals nicht alles Mögliche versucht haben.« Er schüttelte den Kopf.

Martina legte ihre Hand auf seine. »Ihr habt alles für sie getan. Mehr konntet ihr nicht tun.«

»Ja, bisher habe ich auch bei allen Gedenkzeremonien Barbara zuliebe mitgemacht, aber jetzt geht sie zu weit.«

Martina blickte ihn überrascht an. »Paul, was ist denn bei euch los?«

»Barbara ist im Internet auf eine Gruppe gestoßen, die an die Wiedergeburt glaubt und ihr die verrückte Idee in den Kopf gesetzt hat, dass Sophie wieder lebt und wir mit ihr in Kontakt treten können.« Er schnaubte verächtlich. »Ich werde nie den Tag vergessen, an dem ihr kleiner Sarg im Grab heruntergelassen wurde.«

Martina erschauerte. »Es tut mir leid.« Sie wusste nicht, was sie ihm sagen sollte, und fühlte sich ganz hilflos. »Kann ich dir irgendwie helfen?«

»Ich komme bei Barbara nicht mehr durch. Wir brauchen professionelle Hilfe. Und da ist mir eingefallen, wie es dir zu

Beginn als Anwältin so schlecht ging, hattest du doch eine Psychotherapeutin. Da warst du doch damals zufrieden. Es ging dir bald besser.«

Martina zuckte innerlich zusammen. Sie nickte und dachte an die schmerzvollen Gespräche mit der Therapeutin. »Ja, Frau Xander war gut. Sie hat mir damals richtig geholfen.«

»Hast du vielleicht noch ihre Kontaktdaten?«

Martina nickte. »Ich schaue später zu Hause nach und schicke sie dir.«

5

Martina und ihr Mandant Holler, im Schlepptau sein Assistent Künziger, gingen nach der Sicherheitskontrolle zum Gerichtssaal im ersten Stock hoch. Vor dem Saal 101 wartete bereits der Kollege Obermüller mit seinem Mandanten. Martina ging auf ihn zu. »Guten Morgen, Herr Dr. Obermüller. Guten Morgen, Herr Bauer.«

»Guten Morgen, Frau Bäumer. Dann beenden wir das hier heute erfolgreich.«

»So sehe ich es auch. Wir haben alles besprochen. Oder gibt es von Ihrer Seite noch einen offenen Punkt?«, fragte Martina.

Hollers Handy klingelte. Martina drehte sich zu ihm um. Ihr Mandant nahm das Handy aus der Sakkotasche und sah auf seinen Bildschirm.

»Holler.« Er ging um die Ecke.

»Entschuldigen Sie mich einen Moment, Herr Dr. Obermüller.« Martina ging auf Künziger zu. Sie blickte auf die Wanduhr. Es war 9:27. Jeden Moment konnte der Richter kommen und die Sitzung eröffnen – und ihr Mandant verschwand. »Herr Künziger, können Sie bitte Ihren Chef zurückholen? Die Verhandlung beginnt gleich.«

Der Assistent sah sie skeptisch durch seine Hornbrille an. »Ich kann Herrn Holler gerade nicht stören.«

Martina fuhr sich durch die Haare. »Wenn Sie es nicht tun, dann ich.«

Er wich ihrem Blick aus. »Ja, ich gehe schon«, murmelte er verlegen.

»Frau Magister Bäumer.« Sautner vom Tagesspiegel kam auf sie zu.

»Guten Morgen. Was kann ich für Sie tun?« Die Zeitung auch noch. Ihr blieb heute wirklich nichts erspart.

»Heute wird das Urteil in dem Fall Holler gegen Bauer erwartet? Richtig?«

»Ja, aber warum gegen? Wir gehen für einen Freispruch für Herrn Holler und Herrn Bauer aus.«

»Ja, natürlich ...«, setzte er an.

Martina sah, dass ihr Mandant mit Herrn Künziger auf sie zukam. Der Assistent blickte zu Boden.

»Tut mir leid, Herr Sautner. Mein Mandant kommt gerade herein und die Verhandlung beginnt in wenigen Momenten. Später kann ich Ihre Fragen gern beantworten.«

Holler stellte sich neben sie und flüsterte ihr ins Ohr: »Frau Bäumer, ich schätze Sie, aber degradieren Sie meinen Assistenten nicht zum Laufburschen und unterbrechen Sie mich nicht nochmals beim Telefonieren.«

Obermüller drehte sich neugierig zu ihnen und blickte sie fragend an. Martina zwang sich ein Lächeln ab. In dem Moment öffnete sich die Glastür. Der Staatsanwalt ging an ihnen vorbei in den Gerichtssaal. So ersparte sie sich eine Antwort.

Holler hatte sie aus Höflichkeit zum Mittagessen in das Café um die Ecke beim Gericht eingeladen. Martina lehnte ab. Sie musste ein paar Minuten für sich sein. Beim Bäcker holte sie sich ein Schinkenbaguette und einen Kaffee. Anschließend suchte sie sich im Rathauspark vor dem Denkmal des Ferdinand Georg Waldmüllers eine Bank. In der Tasche kramte sie nach der Packung mit den Schmerztabletten. Ihr Kopf zersprang fast. Mit einem großen Schluck Kaffee nahm sie die Tablette. Martina blickte auf das Handy. Vierzig Minuten blieben ihr noch bis zur Urteilsverkündung. Sie kaute lustlos an dem durchgeweichten Baguette vor sich hin. Der fettige Nachgeschmack von der Mayonnaise löste bei ihr eine Übelkeit aus. Nach wenigen Bissen wickelte sie das Essen wieder ein. Sie schloss für einem Moment die Augen und genoss die Ruhe. Nur das Rascheln des Laubes konnte sie hören, einfach nur sie und niemand, der etwas von ihr wollte. Vor allem nicht Holler. Zuerst heute Morgen in seinem Büro und dann noch die Zurechtweisung vor dem Gerichtssaal. Sie war nicht einer seiner Angestellten oder eine seiner Gespielinnen, die machen, was er möchte. Sie ballte die Hände zu Fäusten. War sie froh, wenn das heute vorbei war!

Auf dem Rückweg zum Gericht kam ihr Herr Obermüller mit seinem Mandanten entgegen.

»Frau Kollegin, ich hoffe, Sie hatten eine angenehme Mittagspause.«

»Ja, danke. Ich hoffe Sie auch?«

Er nickte. »Ich bin froh, dass der Staatsanwalt keine weiteren Zeugen mehr hören wollte und die Plädoyers abgeschlossen sind. Wo ist Ihr Mandant?«

Sie deutete zum Lokal die Straße hinab. »Er wollte mit seinem Assistenten im Café essen.«

Er blickte sie interessiert an. Wahrscheinlich fragte er sich, warum sie nicht mitgegangen war. Aber er blieb stumm.

»Wir können gerne schon hineingehen, da wir Herrn Holler sowieso gleich vor dem Gerichtssaal treffen.«

Ihre Knie begannen zu zittern.

Holler drehte sich auf der Anklagebank zu ihr um. Sein Blick war stechend. »Wie kann das nur sein, Frau Bäumer? Sie haben mir versprochen, dass Sie das hier hinkriegen.« Sein Kopf und Hals erröteten weiter. Er fuhr sich hektisch über seine Glatze.

»Herr Holler.« Martina versagte die Stimme. Sie räusperte sich.

»Das wird ein Nachspiel für Sie und Ihre Kanzlei haben«, unterbrach er sie unwirsch und stürmte aus dem Gerichtssaal. Die Tür knallte zu.

Sie stand auf und wollte ihm nachlaufen, aber vor ihren Augen schwankte der Gerichtssaal. Übelkeit stieg in ihr auf. Im Raum war es jetzt so leise, dass man eine Stecknadel hätte fallen hören können. Der Richter blickte sie fragend an. Martina stützte sich mit einer Hand am Tisch ab und ließ sich auf den Stuhl sinken.

In der Zuschauerreihe warf Künziger seine Papiere hektisch in die Tasche. »Entschuldigung. Auf Wiedersehen«, murmelte er in ihre Richtung und eilte aus dem Gerichtssaal hinaus.

Sie hörte die Stimmen nur von Weitem. In ihrem Ohr rauschte es. Was würde Peters nachher in der Kanzlei sagen? Sie fröstelte.

Der Verteidiger Obermüller neben ihr besprach die weitere Vorgehensweise mit seinem Mandanten. Doch sie musste hier raus. Hastig stopfte sie die Akten in die Tasche.

»Frau Kollegin, mein Mandant wird in Berufung gehen. Ich nehme an Ihrer auch?«

»Davon gehe ich aus. Ich werde mit Herrn Holler die Möglichkeiten einer Berufung besprechen. Zwölf Monate bedingte Haftstrafe ohne vorliegende Beweise werden wir nicht akzeptieren.« Sie presste wütend die Lippen aufeinander.

»Dann freue ich mich auf ein Wiedersehen im Berufungsverfahren, Frau Bäumer.«

»Sobald ich mit Herrn Holler gesprochen habe, komme ich auf Sie zu, um die weitere Vorgehensweise mit Ihnen abzustimmen, Herr Dr. Obermüller.« Sie stand auf. »Entschuldigen Sie mich bitte.« Sie schüttelte ihm die Hand.

»Natürlich. Auf Wiedersehen, Frau Bäumer.«

»Auf Wiedersehen.«

Martina nickte dem Staatsanwalt und dem Richter zu, dann verließ sie den Saal und eilte Richtung Toiletten. Mit einem Ruck schloss sie die Tür hinter sich, lehnte sich erschöpft an die Wand und atmete tief durch.

Sie erschrak, als sie ihr bleiches Gesicht und die geröteten Augen im Spiegel sah. Das war doch nicht sie! Was war da gerade nur passiert? Sie schaltete das Wasser ein, drehte es so kalt wie möglich und ließ es über ihre Handgelenke laufen. Eigentlich hatte Holler es nicht anders verdient. Was bildete er sich überhaupt ein, sie zu sich beordern und sie so etwas zu fragen? Sie blickte nochmals in den Spiegel. Verdammt, was war nur mit ihr los? Sie musste einen ruhigen Kopf bewahren und die Berufung vorbereiten.

Als Martina die Wohnungstür aufschloss, hörte sie das Radio laufen. »Was machst du denn schon hier?«

Christian saß auf der Couch im Wohnzimmer und drehte sich zu ihr um. »Das nenne ich doch mal eine freudige Begrüßung.«

»Tut mir leid. Hi.« Sie ging durchs Wohnzimmer und stellte ihre Aktentasche im Arbeitszimmer ab. Als sie sich umdrehte, stand Christian vor ihr und umarmte sie.

»Ich wollte bei dir sein. Habe mir Sorgen um dich gemacht, als ich deine Nachricht abgehört hatte.«

Sie schmiegte ihren Kopf an seine Schulter. Tränen stiegen ihr in die Augen und sie schluchzte. Er hob ihren Kopf an.

»Komm her, was ist denn heute überhaupt passiert? Dass dich das so mitnimmt.« Er blickte sie besorgt an.

Martina wischte sich mit dem Handrücken über die Augen. »Heute ist mir alles zu viel. Zuerst verliere ich den Fall und dann greift mich Holler noch an und droht mir.«

»Komm, vielleicht war es nur die erste Reaktion von ihm. Weil er selbst so geschockt vom Urteil war?«

Martina schüttelte den Kopf. Sie dachte an Hollers Worte und bekam eine Gänsehaut. »Wahrscheinlich hast du recht.«

»Überzeugt klingt das nicht. War es so schlimm?«

»Ja, das war nur die erste Reaktion. Aber wir hatten vor dem Gerichtstermin schon ein Gespräch.« Sie stockte.

»Ja? Ist etwas zwischen euch beiden vorgefallen?«

»Nein. Ich habe mich nur geärgert, dass er mich wegen einer privaten Angelegenheit angesprochen hat und mich deshalb in sein Büro geordert hat.«

»Lass dich nicht von ihm vor dem Spann ziehen. Du kennst solche Typen. Das hast du nicht nötig. Das weißt du.«

Recht hatte er. Wie gerne würde sie ihm alles erzählen. Aber wie würde er reagieren? »Das stimmt. Dann lassen wir uns den Abend nicht ruinieren.«

Christian klatschte in die Hände. »Wie können wir dich ablenken und dir etwas Gutes tun? Wollen wir etwas essen gehen?«

»Das ist zwar nett von dir. Aber ehrlich gesagt würde ich lieber zu Hause bleiben und mit dir einfach auf der Couch bleiben und mich verkriechen.«

Christian rieb sich nachdenklich das Kinn. »Hunger habe ich schon. Ich kann uns aber etwas holen und wir bleiben zu Hause. Und wenn du mit mir morgen Abend ins Kino gehst, schauen wir uns heute einen deiner Oldies an.«

Sie nickte und murmelte. »Danke.«

»Letzte Woche ist der neue James Bond Film rausgekommen. Den möchte ich unbedingt sehen.« Christians Augen leuchteten.

»Einverstanden, ich gebe mich geschlagen. Morgen James Bond, aber dann musst du heute Jack Lemmon und Shirley MacLaine aushalten.«

»Ob ich das überleben werden?« Er verkniff sich ein Grinsen.

Sie nahm eines der Zierkissen von der Couch und warf es ihm nach.

Martina drehte sich im Bett von einer Seite zur anderen. Christian schlief neben ihr längst tief und fest. Sie hörte seinen ruhigen und regelmäßigen Atem in der Dunkelheit. Wie hatte es nur zu dieser Verurteilung kommen können? Hatte sie etwas übersehen? Gerade jetzt, wo es um die Partnerschaft ging! Sie streckte sich nach dem Wecker auf den Nachtkästchen. Es war erst kurz vor halb fünf. Aber schlafen konnte sie nicht mehr.

Sie stand auf, zog sich den samtigen Morgenmantel über, schlich auf Zehenspitzen aus dem Schlafzimmer und zog die Tür leise zu.

Autsch. Der Schmerz schoss von ihrem Zeh direkt in den Kopf. Na typisch. Christians Pilotenkoffer. Was er immer so mit sich schleppte. Eigentlich hieß es, wir Frauen haben immer große Taschen dabei. Sie atmete tief durch und der Schmerz ließ langsam nach. Vom Wochenende stand noch die Orangensaftpackung in der Küche. Ein paar Vitamine konnten nicht schaden. Sie nahm die Packung und ein Glas mit ins Arbeitszimmer, wo die Aktentasche seit gestern ungeöffnet auf dem Schreibtisch lag.

Sie schaltete die kleine Stehlampe aus Mahagoniholz an, die sie zu Beginn ihres Studiums von ihrem Vater bekommen hatte. Er hatte ihr damals die Lampe übergeben und gesagt, wie stolz er auf seine Tochter sei. Und dass sie immer ihren Weg gehen würde! Wärme breitete sich in ihr aus. Sie seufzte. Was er jetzt wohl sagen würde? Aber er hatte recht, sie ging ihren Weg. Sie zog die Akte aus der Tasche und machte sich Notizen über das Urteil und an welchen Punkten sie bei einer Berufung ansetzen konnte.

»Guten Morgen.«

Martina zuckte zusammen. »Guten Morgen, Christian. Hast du mich erschreckt.«

Er lehnte sich an den Türrahmen. »Tut mir leid. Was machst du schon so früh?«

»Ich konnte nicht mehr schlafen.«

»Der Fall?«

»Ja, bin mehrmals wach geworden und wollte dich dann nicht auch noch wecken.«

Christian zog sie hoch und an sich. »Für heute verziehen.« Er küsste sie und Martina spürte seinen noch warmen Körper vom Bett auf ihrer Haut. »Hmm.«

»Selbst schuld.« Er zwinkerte ihr zu. »Heute Nacht bleibst du bei mir.«

»Ehrenwort.«

»Kein Widerspruch von dir. Daran könnte mich gewöhnen. Aber leider muss ich bald in die Kanzlei. Wann geht es bei dir heute los?«

»Keine Termine.« Sie stockte. »Werde wohl mit Peters und Holler sprechen.«

Christian überlegte. »Was hältst du davon, wenn wir gemeinsam in die Stadt fahren und noch schnell frühstücken?«

»Gute Idee. Dann geh du schon mal ins Bad und ich mache das hier schnell fertig.«

Martina hörte das Wasser von der Dusche prasseln, als sie die Akten mit ihren Notizen einräumte. Ein kalter Schauer lief ihr über den Rücken, als sie an die Worte von Holler dachte. Sie musste mit Peters reden, sobald sie im Büro war und mit ihm die Berufung besprechen.

6

Mit jeder Stufe, die Martina die Wendelstiege zur Kanzlei erklomm, wurde ihr mulmiger zumute. Wie würde Peters darauf reagieren, dass sie den Fall für seinen berühmten Klienten verloren hat? Oder hatte Holler schon mit Peters telefoniert?

»Guten Morgen.« Ein Mitarbeiter vom benachbarten Versicherungsbüro kam die Treppe herunter und nickte ihr zu.

»Guten Morgen.« Sie rang sich ein Lächeln ab. Wenn der nur wüsste! Sie hielt sich am Stiegengeländer fest, schloss für einen Moment die Augen und atmete tief durch. »Stell dich nicht so an. Du gehst jetzt rein und sagst, wie es gelaufen ist und wie die weiteren Schritte sind«, suggerierte sie sich leise ein.

Etwas ruhiger öffnete sie die Augen. Dann ging sie mit festem Schritt die letzten Stufen hinauf und öffnete die Kanzleitür. »Guten Morgen.«

Keine Antwort. Frau Gruber war nicht an ihrem Platz, aber der Bildschirm ihres Computers war an, sodass sie gleich wieder zurückkommen musste.

Martina hörte Schritte vom hinteren Büro und drehte sich um. »Guten Morgen, Herr Meger. Wissen Sie, wo Frau Gruber ist?«

»Guten Morgen, Frau Kollegin. Schön, Sie heute auch einmal zu sehen. Seit Sie die Privataudienz bei unserem Chef hatten, gilt wohl das Motto, wer spät kommt, kann früher gehen.« Er sah sie mit einem abschätzigen Blick an und richtete seine Krawatte.

Was für ein unangenehmer Typ. Das wurde von Tag zu Tag schwieriger mit ihm. »Ich wünsche Ihnen auch einen schönen Tag. Können Sie mir jetzt sagen, wo Frau Gruber ist?«

»Sie ist beim Chef. Aber jetzt entschuldigen Sie mich. Ich werde erwartet.« Er drehte sich um und ging in das Wartezimmer.

Sie nahm sich einen der bunten Notizzettel von Frau Gruber. *Bitte kommen Sie kurz in mein Büro. Vielen Dank. M. Bäumer.* Sie klemmte den Zettel bei der Tastatur fest. Als sie in ihr Büro ging, hörte sie noch, wie Meger mit seinen beiden Mandanten hinter ihr vorbeiging und ihnen den roten Teppich ausrollte. Seine Stimme überschlug sich beinahe vor Begeisterung.

In ihrem Büro roch es muffelig. Sie öffnete die beiden großen Fenster und kalte klare Luft strömte herein. Von unten drangen Gesprächsfetzen von den Passanten und der Straßenlärm zu ihr hinauf. Sie setzte sich an den Schreibtisch. Der Aktenberg rechts neben ihr türmte sich langsam gefährlich hoch. Die Unterschriftsmappe mit zwei Telefonnotizen war dazu gekommen. Solange sie auf Frau Gruber und Herr Peters warten musste, konnte sie die Dokumente aus der Unterschriftsmappe gegenlesen und unterzeichnen. Sie überflog die einzelnen Blätter. Der Papierkram nahm immer mehr zu. Wenn sie Frau Gruber nicht hätte, dann wäre es um sie geschehen. Dann würde sie vor lauter Akten, Briefen und Abrechnungen gar nicht mehr zu ihren Mandanten kommen.

Sie fröstelte. In den letzten Tagen war es kalt geworden, auch heute war es grau in grau und unangenehm nasskalt. Martina schloss hastig die Fenster und drehte den Heizkörper auf die höchste Stufe. Sie gähnte. Das Wetter konnte einem aber auch zusetzen. Sie nahm die Telefonnotiz mit Herrn Obermüller zur Hand. Er hatte bereits um 8:30 angerufen. Frau Gruber hatte nur die Strafsache Holler und seine Telefonnummer notiert. Wahrscheinlich ging es um die Berufung. Sie wählte die Nummer, da klopfte es an die Tür.

»Guten Morgen. Störe ich?«

Martina legte auf. »Nein, Frau Gruber. Gut, dass Sie zu mir kommen. Setzen Sie sich kurz. Ich möchte ein paar Dinge mit Ihnen besprechen.«

Die Sekretärin, heute wieder in einem ihrer dunkelblauen Stiftröcke mit weißer Bluse, verlagerte ihr Gewicht nervös von einem Bein aufs andere. »Ja, um was geht es?« Sie nahm auf einen der beiden dunklen Polstersesseln vor Martinas Schreibtisch Platz.

»Ich habe zuvor gerade die Dokumente unterschrieben.« Martina reichte ihr die Unterschriftenmappe. Sie trippelte mit dem Fuß unter dem Schreibtisch. »Und eine Frage, hat Herr Holler heute schon mit Herrn Peters telefoniert?«

»Nicht, dass ich wüsste. Meinen Sie wegen der gestrigen Verhandlung?«

Martina stutzte. »Ja, warum?«

Frau Gruber zupfte an ihrer Bluse. »Ich habe heute Morgen in der Zeitung gelesen, dass Herr Holler und der zweite Mandant schuldig gesprochen wurden.«

Martina rann ein kalter Schauer über die Schultern. Was würde Peters dazu sagen? »Frau Gruber, wann hat Herr Peters heute keine Termine? Ich müsste dringend mit ihm sprechen.«

»Alles gut, Frau Bäumer? Sie sind so blass.« Frau Gruber sah sie besorgt an.

»Ja, alles gut. Bitte schauen Sie kurz nach und geben Sie mir Bescheid. Ich kann es mir heute frei einteilen.«

»Eigentlich sollte es kein Problem sein. Ich schaue gleich mal nach.« Frau Gruber verließ das Büro.

Martina nahm aus der Schublade ihre Packung mit den Magentabletten. Sie goss sich ein Glas Wasser ein und schluckte zwei Tabletten. »Beruhige dich«, ermahnte sie sich. Die Nervosität machte es nicht besser.

»Entschuldigen Sie, ich habe mich geirrt.« Die Sekretärin stand in der Tür. »Herr Peters hat noch einige Termine.« Frau Gruber wich ihren Blick aus.

»Ich dachte, er hat keine Termine. Machen Sie bitte die Tür zu und sprechen Sie offen mit mir. Hat er keine Zeit oder möchte Herr Peters nicht?«

Frau Gruber riss die Augen auf und sah sie erschrocken an. »Bitte fragen Sie mich das nicht.«

Martina verkrampfte sich der Magen. Verdammt, wann halfen die Tabletten endlich? »Ich habe es auch so verstanden. Er weiß wegen Holler Bescheid, oder?«

»Ich weiß es wirklich nicht, glaube aber schon. Er meinte, die Themen können sicherlich bis morgen zu Strategiesitzung warten.«

»Danke, Frau Gruber. Lassen Sie mich bitte allein. Ich muss Herrn Obermüller und den Staatsanwalt zurückrufen.«

»Gern.« Der Sekretärin war die Erleichterung anzusehen, dass sie das Büro verlassen konnte.

So wurde also wieder gespielt. Wie sie es hasste, wenn Peters sie und die anderen Kollegen als Marionettenfiguren behandelte. Wenn es ihm passte, durften sie vor ihm auftreten und wenn nicht, dann ließ er sie links liegen. Sie würde ihm beweisen, dass er sich in ihr irrte. Morgen um zehn Uhr war die Strategiesitzung. Das bedeutete, es blieb noch ausreichend Zeit, um eine erste Strategie für die Berufung auszuarbeiten.

Mist, sie hatte ja ganz vergessen, dass sie mit Christian heute ins Kino gehen wollte, um mit ihm den neuen James Bond Streifen zu sehen. Doch die Berufung war wichtiger und das Geballere im Film musste sie auch nicht haben. Sie rief Christian vom Handy an.

»Hi, Martina. Hab nur kurz Zeit, habe gleich einen Termin.« Er klang abgehetzt.

»Hallo, ich wollte dich gar nicht lange stören. Es geht um heute Abend.«

»Ja, wann wollen wir uns treffen?«

Martina räusperte sich. »Ich muss dir leider absagen. Ich schaffe es von der Arbeit her nicht.« Sie hörte im Hintergrund, dass Christian von einem Kollegen gerufen wurde.

»Ich komme gleich. Einen Moment noch.« Er klang gereizt. »Was ist los? Die Berufung oder doch die Partnerschaft?«

»Christian, komm. Morgen ist Strategiesitzung. Die nächsten Abende habe ich dann wieder mehr Zeit.«

»Einverstanden. Ich muss los. Und denk daran, was ich letztes Mal über die Partnerschaft gesagt habe. Bis bald.«

Er hatte aufgelegt, ohne dass sie sich verabschieden konnte. Toll, Peters sprach nicht mit ihr und Christian war jetzt auch noch genervt. Das hatte sie wieder wunderbar hinbekommen.

Martina gähnte. Sie verschränkte die Arme hinter ihrem Kopf und dehnte sich. In den Schultern spürte sie ein unangenehmes Ziehen. Sie stand vom Schreibtisch auf und massierte ihre Schultern. Dann sah sie auf das Blatt mit den wenigen Stichpunkten für die morgige Strategiesitzung. Das mussten noch deutlich mehr werden. Sie unterdrückte mit Mühe ein weiteres Gähnen. Jetzt halfen nur noch ein starker Espresso und frische Luft. Sie ging in die Küche und schaltete die Kaffeemaschine ein. Das Mahlen der Bohnen durchbrach die Stille im Raum.

Martina öffnete die Terrassentür und ging bis zum Geländer. Es war eine klare Nacht. Trotz der Straßenlaternen konnte sie die Sterne sehen. Die Kälte der Betonplatten schmerzte sie in den Füßen. Sie setzte sich auf die Bank, zog ihre Beine an und umklammerte sie mit ihren Händen, um sie vor der Kälte zu schützen. Früher hatte ihr ihre Großmutter eine Decke gebracht und sie eingewickelt. Dann hatten sie eine gefühlte Ewigkeit in den Himmel gestarrt. Die Großmutter hatte die schönsten Geschichten erzählt. Welche Figuren auf den Sternen lebten und was sie dort alles erlebten. In den prachtvollsten Farben hatte sie die Welten über ihren Köpfen getaucht.

Der kurze intensive Piep-Ton der Kaffeemaschine ertönte. Sie seufzte und ging in die Küche. Martina holte sich den Espresso und nahm sich die Kuscheldecke von der Couch mit ins Arbeitszimmer. Sie wickelte sich ein und wärmte ihre kalten Hände an der kleinen Tasse. Sie hätte sich daran gewöhnen können, dass Christian jeden Abend bei ihr war. Er hätte sie jetzt wärmen können, sie hätten es sich auf der Couch gemütlich gemacht und gemeinsam einen schönen Abend verbracht. Ja, heute wäre das Kino gewesen. Aber das hätte auch nicht ewig gedauert. Was beschwerte sie sich? Sie hatte ihm doch abgesagt.

Ihr Blick schweifte über den Tisch und blieb auf den Notizen haften. So wurde das heute nichts mehr. »Konzentriere dich besser«, ermahnte sie sich selbst. Was wusste Peters bereits? Wahrscheinlich alles. Ein Teil der Fakten stand in der

Zeitung. Das hatte sogar Frau Gruber mitbekommen und dann würde er mit Holler gesprochen haben. Deshalb hatte er ihr das Gespräch verweigert. Sie konnte morgen nur in die Offensive gehen. Mit dem Kollegen Obermüller hatte sie für Freitag bereits ein weiteres Gespräch vereinbart, sodass sie ihre Berufung abstimmen konnten. Reine Indizien, keine Beweise für die Schuld ihres Mandanten. Freispruch wäre das einzig richtige und akzeptable Urteil für ihren Mandanten gewesen. *Schwerpunkt auf die Indizien legen. Widersprüche offenlegen, Schwachpunkte aufzeigen.* Die Notizen wurden länger. Die Ersten, die sie überzeugen musste, waren Peters und die Kollegen. Wobei eigentlich nur Meger. Die anderen nickten meist nur zustimmend, ohne selbst Anmerkungen zu machen oder Einwände zu erheben.

Das würde sie sich morgen nochmals in der Früh in Ruhe ansehen. Für heute reichte es. Sie nahm ihr Handy. Es war schon 1:34. Sie hatte eine Nachricht vor knapp zwei Stunden von Christian bekommen. *»Bist du noch wach?«* Sie ärgerte sich darüber, dass sie die Nachricht nicht früher gemerkt hatte. Dann hätte sie noch mit ihm sprechen können. Wahrscheinlich war sie in dem Moment in der Küche oder auf der Terrasse gewesen. Martina knipste das Licht aus und ging ins Schlafzimmer. *Habe es zu spät gesehen. Schlaf gut,* tippte sie und legte das Handy auf das Nachtkästchen. Das Bett roch nach Christian. Es war noch so, wie er es verwuschelt hinterlassen hat. Sie kuschelte sich hinein.

7

Die Tür von Peters Büro stand bereits offen. Martina umfasste den Stapel Papier noch etwas fester und betrat das Büro. Ihr Chef und Meger saßen am Besprechungstisch. »Guten Morgen.«

Peters nickte ihr kurz zu.

Meger, der mit dem Rücken zu ihr saß, drehte sich um. »Guten Morgen, Frau Bäumer.« Zu Peters gewandt. »Wir können das gerne auch danach weiter besprechen.«

Was sollte das schon wieder? Jetzt auch noch die Geheimnistuerei. »Soll ich Sie beide kurz nochmals allein lassen, dass Sie Ihr Gespräch unter vier Augen fortsetzen können?«

Peters sah sie über die Brille hinweg an. »Nein, das ist nicht nötig. Wir waren bereits fertig.«

»Eine Sache hätte ich noch …«, setzte Meger an und spielte mit dem Siegelring an seinem Finger.

Peters hob abwehrend die Hand. »Jetzt nicht. Frau Bäumer, setzen Sie sich.«

Corinna Hauser und Gerhard Braun betraten den Raum.

»Guten Morgen Martina, alles klar bei dir?«, flüsterte ihr Gerhard zu, als er sich neben sie setzte.

»Ja, alles gut. Warum fragst du?« Sie sah erstaunt auf und legte sich ihre Notizen für den Bericht heraus.

»Du siehst müde und etwas blass aus.«

Peters räusperte sich. »Dann wollen wir beginnen. Heutige Tagesordnungspunkte, Rückmeldung zu den aktuellen Fällen von den Kollegen Meger und Bäumer, sowie zwei Anfragen von neuen Mandanten. Wer fängt von Ihnen beiden an?« Peters Blick schweifte zwischen Meger und Martina hin und her.

»Ladys first. Sie haben sicher gute Nachrichten, Frau Bäumer.«

Sie hasste ihn. Dieser unmögliche Mensch wusste genau, dass sie den Fall verloren hatte. Sie lächelte Meger an und nickte. »Gerne.« Sie wendete den Blick zu Peters.

»Am Dienstag war die Verhandlung in der Strafsache Holler. Es kam zu einer Verurteilung. Ein Jahr bedingte Haftstrafe.«

Peters blickte sie ruhig an. »Das weiß ich. Herr Holler hat mir berichtet.«

Also doch. Was hatte ihm Holler alles erzählt? Egal, sie würde ruhig bleiben. »Es gab keine eindeutigen Beweise oder Zeugenaussagen, aber ausreichend Indizien für das Gericht, sodass sie sich schlussendlich für die Verurteilung von unserem Mandanten Holler und dem Mitangeklagten Bauer entschieden haben.«

»Was möchten Sie in diesem Fall unternehmen?«, fragte Peters sie.

Martina spürte das Ziehen im Magen. Nicht schon wieder

eine der Schmerzattacken, dachte sie. Alle Blicke ruhten auf ihr. »Ich habe gestern bereits mit dem Verteidiger von Herrn Bauer besprochen. Dr. Obermüller wird Berufung einlegen. Die gleiche Vorgehensweise werde ich Herrn Holler vorschlagen.«

»Haben Sie das bis jetzt noch nicht mit dem Mandanten besprochen?«, unterbrach Meger sie. Er sah sie erstaunt an und in seinem Blick merkte sie, wie er die Situation auskostete.

»Bis jetzt gab es noch kein Gespräch aufgrund zeitlicher Engpässe von Herrn Holler. Dafür wurde die gemeinsame Vorgehensweise mit Dr. Obermüller abgestimmt und alles weitere wird morgen im Nachgang mit Herrn Holler besprochen.« Martina merkte, wie sie mit dem Fuß leicht trippelte und verkrampfte sich. Niemand sollte ihre Unruhe merken.

»Zeitlicher Engpass?«, hakte Meger nach.

»Es ist gut.« Peters Stimme war eisig. »Frau Bäumer, verfahren Sie wie vorgeschlagen. Sie haben meine Unterstützung. Ich habe mit ihm bereits gesprochen.«

»Danke, hätten Sie nachher noch kurz Zeit, um die Details zu besprechen?«, wandte sie sich an ihren Chef.

»Tut mir leid, heute nicht mehr. Aber es sollte alles Nötige dazu besprochen sein. Halten Sie mich am Laufenden, wie es in dieser Angelegenheit weiter geht.«

Sie nickte. Die nächste Abfuhr. Aber zumindest hatte er sie unterstützt. Martina atmete tief durch.

Es klopfte an der Tür. »Ja?«

»Ich gehe jetzt. Soll ich die Tür nur anlehnen?«, fragte Frau Gruber. »Die anderen sind bis auf Frau Hauser auch schon weg.«

»Ja, lehnen Sie sie nur an.« Martina gähnte und hielt sich schnell die Hand vor dem Mund. »Entschuldigung.«

Frau Gruber sah sie mit einem besorgten Blick an. »Sie arbeiten zu viel. Gönnen Sie sich auch einmal eine Pause.«

Martina blickte von Frau Gruber zu den Akten und schüttelte den Kopf. »Wissen Sie, dass Peters mir die Partnerschaft angeboten hat?«

Frau Gruber lächelte sie an. »Ja, er hatte mit mir kurz darüber gesprochen, dass er die Verträge vorbereiten lässt.«

Martina fuhr sich durch die Haare. Er hatte schon die Verträge vorbereiten lassen. »Ich will so kurz vor dem Ziel nicht aufgeben. Ich will ihn nicht enttäuschen. Ausgerechnet jetzt habe ich einen seiner Fälle verloren.«

Frau Gruber blickte kurz auf die Uhr.

»Entschuldigung. Sie wollten ja gehen und ich halte Sie auf.«

»Nein, nein. Gar nicht. Mein Mann holt mich nur in fünf Minuten ab.« Die Sekretärin knöpfte ihren Karomantel zu.

»Dann wünsche ich Ihnen und Ihrem Mann einen schönen Abend.«

»Danke.« Bevor sie bei der Tür rausging, drehte sie sich nochmals um. »Herr Dr. Peters kann froh sein, dass er Sie hat. Das wird schon wieder. Bis morgen.«

Bevor Martina etwas erwidern konnte, hatte die Sekretärin das Büro bereits verlassen.

Martina öffnete die Tür zum Billardcafé. Das Licht war gedämmt. Sie kniff die Augen zusammen, hörte, wie die Kugeln an einen der Billardtische abprallten. Sie suchte den Raum nach Christian ab.

»Guten Abend. Kann ich Ihnen helfen?«, fragte die Kellnerin.

»Nein, danke. Ich hole nur meinen Freund ab.« Sie musste ein Gähnen unterdrücken. »Aber vielleicht doch. Bringen Sie mir bitte einen starken Espresso zum Tisch beim Fenster.«

»Tisch 16. Wo die beiden Männer spielen?«

»Ja, danke.«

»Kommt gleich.« Die Kellnerin verschwand hinter der Theke.

Martina ging zwischen den vorderen Billardtischen vorbei. Der abgetretene dunkelrote Teppich dämpfte ihre Schritte. Sie musste sich ein Lachen verkneifen, als sie die beiden sah. Robert ordnete akribisch die Kugeln im Dreieck an. Christian legte die weiße Kugel im passenden Abstand zurecht. »Das soll doch jemand sagen, ich wäre Perfektionistin.«

Beide blickten sie überrascht an.

Christian legte den Queue zur Seite und kam auf sie zu. Er umarmte sie. »Freut mich, dass du hier bist. Ist spät geworden.«

»Hallo, Martina! Schön, dich wieder mal zu sehen«, sagte Robert.

»Ja, mich auch.«

»Sollen wir noch die Runde zu Ende spielen oder wollt ihr los?«, fragte Robert.

Christian blickte sie fragend an.

»Spielt nur weiter. Ich habe mir gerade noch einen Espresso bestellt.« Sie setzte sich auf einer der Hochstühle, die in der Ecke neben dem Billardtisch standen.

»Okay, dann die Runde noch. Robert beginnt.« Christian stellte sich zu Martina. Er umarmte sie von hinten und flüsterte ihr ins Ohr. »Schön, dass du da bist.«

»Tut mir leid wegen gestern.« Sie lehnte sich an ihn an.

Die Kellnerin kam auf sie zu und reichte ihr den Espresso. »Möchten die Herren noch etwas trinken?«

»Nein danke, für uns nichts mehr«, antwortete Christian.

Robert nahm den Queue, trug Kreide an der Spitze auf und zielte auf die weiße Kugel. Die anderen Kugeln prallten an den Seitenrändern des Billardtisches ab. »Du bist dran, Christian. Ich unterhalte inzwischen deine wunderbare Freundin.« Robert zwinkerte ihr zu. Er setzte sich neben sie und nahm einen Schluck von seinem Bier. »Wie geht es dir? Hab dich schon vermisst.«

»Ganz gut. Einfach viel zu tun in der Kanzlei.«

»Martina untertreibt.« Christian trat zu ihnen. »Man hat ihr die Partnerschaft angeboten.«

Robert hob die Augenbraue. »Herzlichen Glückwunsch. Das freut mich für dich. Dabei hat Peters doch den Ruf, ein Einzelspieler zu sein.«

Warum musste Christian das nur erzählen? Gerade jetzt. »Danke, aber so weit ist es ja noch nicht.«

»Ihr beide wirkt aber nicht wirklich glücklich darüber. Das ist doch eine tolle Chance für Martina.« Robert sah die beiden nachdenklich an.

Sie schwiegen für einen Moment. Dann klopfte Robert Christian auf die Schulter und lachte. »Alter Junge, du wirst jetzt doch keine Komplexe bekommen, weil deine Frau erfolgreicher ist als du.«

Christian rieb sich nachdenklich am Kinn. »Nein. Ich freue mich für Martina.«

»Aber?«, fragte Robert nach, erstarrte kurz und grinste dann. »Bin ich ein Trottel. Na klar. Ihr seid ja auch nicht mehr die Jüngsten. Wann ist es denn so weit?«

»Nein, nein. Das hast du jetzt falsch verstanden«, erwiderte Martina schnell.

Christian blickte ihr direkt in die Augen. Ihr wurde unwohl.

»Ja, die Jüngsten sind wir nicht mehr. Aber ein wenig Zeit haben wir ja noch für die Familiengründung.« Er küsste Martina an die Schläfe und flüsterte ihr zu. »Vor mir aus müssen wir nicht länger warten.«

Robert räusperte sich. »Ich muss auch mal nach Hause. Katja wird schon warten. Die Kinder sind ein paar Tage bei ihren Großeltern.«

8

Das Telefon läutete. »Bäumer.«

»Herr Holler ist für Sie in der Leitung«, sagte Frau Gruber.

Endlich. »Ja, stellen Sie bitte durch.« Ihr Magen zog sich zusammen. Sie räusperte sich. »Guten Morgen, Herr Holler. Vielen Dank, dass Sie sich die Zeit nehmen.«

»Schon gut. Bedanken Sie sich lieber bei Ihrem Chef. Sie haben zehn Minuten, dann muss ich los.«

Bleib ruhig, ermahnte sie sich. Martina atmete tief durch. »Herr Holler, es geht wie mit Herrn Peters besprochen um die weitere Vorgehensweise. Ich würde Ihnen dringend zu der Berufung raten.«

»Nochmals den Auflauf vor Gericht und den ganzen Haien von den Medien. Ich habe ganz andere Sorgen.« Er schnaubte. »Aber gut, ich höre mir Ihren Vorschlag an.«

»Wir würden gegen das Urteil Berufung einlegen. Da es keine eindeutigen Beweise oder Zeugenaussagen gegen Sie gab, müssen wir die Indizien, die vom Gericht bei der Urteilsverkündigung genannt wurden, vor dem Oberlandesgericht widerlegen. Dafür benötige ich aber Ihre Mithilfe. Hier bräuchte ich noch weitere Informationen von Ihnen hinsichtlich des Zustandekommens des Kaufvertrags mit dem Bund und welche Absprachen es hier mit dem Staatssekretär aus dem Ministerium gab.«

Herr Holler zog scharf die Luft ein. »Einverstanden. Und wie geht's jetzt weiter?«

»Da auch Herr Dr. Obermüller für seinen Mandanten Herrn Bauer Berufung einlegt, würde ich, soweit Sie damit einverstanden sind, die nötigen Vorbereitungen treffen und einen gemeinsamen Termin mit Dr. Obermüller und seinem Mandanten zur finalen Abstimmung vorschlagen.«

»Wenn's sein muss. Den Termin klären Sie aber direkt mit Herrn Künziger ab.«

»Gerne. Möchten wir …«

»Frau Bäumer, jetzt muss ich wirklich los. Bin schon spät dran. Sie halten mich am Laufenden.«

»Ja, selbstverständlich …«

Herr Holler hatte bereits aufgelegt.

»Verdammt noch mal!« Sie ließ das Telefon auf den Schreibtisch fallen.

Martina öffnete ihre Bürotür. »Frau Gruber, können Sie bitte den Schriftsatz heute Nachmittag abschließen.«

»Selbstverständlich. Haben Sie in einer Stunde am Schreibtisch.«

»Wie immer an der Arbeit. Aber halsen Sie unserer guten

Frau Gruber nicht zu viel auf.« Peters stand bei seiner offenen Bürotür.

Was sollte das jetzt? Hatte Frau Gruber zu Peters einmal gesagt, dass es ihr zu viel wurde? Das konnte sie sich bei ihrer Sekretärin nicht vorstellen. »Nein, natürlich nicht.«

Peters lachte. »Das war auch nicht ganz ernst gemeint.«

Sie nickte und drehte sich um.

»Eine Sache noch, bevor Sie weiterarbeiten. Wie ist der aktuelle Stand bei der Berufung im Fall Holler?« Sein Lächeln war verschwunden und er blickte sie ernst an.

»Nachdem sich Herr Holler nach Ihrem Einwirken für eine Berufung entschieden hat, habe ich die notwendigen Schritte eingeleitet. Herr Dr. Obermüller und ich möchten uns hier eng abstimmen. Hier warte ich noch auf die Terminzusage von Herrn Holler.«

Peters rieb sich an der Nasenwurzel. »Ja, ein viel beschäftigter Mann ist der Holler.« Er drehte sich um und schloss die Bürotür hinter sich.

Frau Gruber hatte sich bereits die Akte genommen. »Benötigen Sie sonst noch etwas, Frau Bäumer?«

»Nein, wenn noch Anrufe für mich kommen, dann bitte auf morgen verlegen. Außer, wenn es Herr Holler ist. Ich muss heute pünktlich weg.«

Martina ging zu ihrem Schreibtisch zurück und sah die Telefonnotiz von dem Gespräch mit Obermüller vor der Mittagspause durch. Er machte Druck und wollte die gemeinsame Vorgehensweise aufgrund der Absprachen mit dem Ministerium bereits am Montag besprechen. Er hatte bereits auf ihre Reaktion gewartet. Verdammt. Jetzt hatte Holler die Angelegenheit um einige Tage verzögert. Das schaffte sie heute Nachmittag nicht mehr. Sie seufzte. Es half nichts, sie musste die Berufung und das kommende Gespräch mit Herrn Obermüller am Wochenende vorbereiten.

Ihr Magen drückte und zog sich zusammen. Sie nahm zwei Magentabletten aus der Schublade und trank dazu ein Glas Wasser.

Martina nahm das Handy und klickte auf der Anrufliste auf Christians Namen.

»Hallo, schön, dass du mich anrufst«, meldete er sich.

»Hallo Christian, wollte mich kurz zwischendurch bei dir melden. Passt es oder hast du noch einen Termin?«

»Ja, alles gut. Habe nur noch den Papierkram zu machen und dann geht es ab ins Wochenende.«

»Hmm, wegen des Wochenendes wollte ich mit dir reden.«

»Was ist damit?«

Sie atmete tief durch. »Können wir den morgigen Ausflug zum Attersee vielleicht verschieben. Auf …«

»Peters, Holler oder doch die Partnerschaft?«, unterbrach er sie und schnaubte verächtlich. »Kannst du dich noch erinnern, was ich letzten Sonntag zu dir gesagt habe? Über uns beide?«

Sie trommelte ungeduldig mit den Fingern auf dem Tisch.

»Christian, es ist wegen der Berufung. Ich muss hier noch einiges bis Montag vorbereiten. Ich kann ja verstehen, dass du nicht begeistert bist. Aber du musstest doch auch schon einmal etwas absagen.«

»Na dann. Ich habe dir nie einen Tag vorher einen lang geplanten Ausflug abgesagt. Aber du musst wissen, was dir wichtiger ist. Ich werde mir jedenfalls einen schönen Tag machen.«

»Wenn du meinst. Dann viel Spaß. Wir sehen uns am Sonntag bei deinen Eltern.«

»Martina …«, dröhnte es an ihr Ohr.

»Tut mir leid, ich muss jetzt weiter arbeiten. Habe viel zu tun. Wir können heute Abend telefonieren, wenn du magst. Tschüss.«

»Na dann.«

Sie beendete das Gespräch und ließ sich kraftlos in den Stuhl sinken.

»Hallo Martina, schön, dass du da bist.« Ihr Vater machte einen Schritt zurück, sodass sie eintreten konnte, und nahm ihr die Tasche ab.

»Ich freue mich auch. War eine lange Woche.« Sie warf einen Blick ins Wohnzimmer und durch die Glastür der angrenzenden Küche. »Ist Mama gar nicht zu Hause?«

»Ihr könnte auch nicht mit oder ohne euch.« Er schmunzelte. »Nein, im Ernst. Sie ist noch beim Arzt.«

»Was hat sie denn?«

Herbert öffnete die Küchentür. »Komm, lass uns gleich hier reinsetzen. Wir müssen ja nicht mitten im Gang stehen und reden.«

Martina wurde nervös. »Sag schon.«

Ihr Vater zog einen Stuhl vor, ließ sich in seiner Arbeitskleidung nieder und schob die Mokkakanne zur Seite. »Mache dir doch nicht immer gleich Sorgen. Sie hat nur eine Routineuntersuchung wegen ihrer Augen. Du weißt ja, wie lange man da warten muss.«

Sie nickte, blickte die silberne Mokkakanne an und erinnerte sich daran, wie sie früher den Urlaub in Italien am Meer verbracht hatten und ihr Vater den Kaffee mit der Mokkamaschine für ihre Mutter und sich gemacht hatte. Sie liebte diesen Duft.

»Von was träumst du gerade?«, riss er sie aus den Gedanken.

»Von Italien. Ich habe die Mokkamaschine ja ewig nicht gesehen.«

Ihr Vater nahm sie in die Hand. »Ich habe sie beim Aufräumen des Kellers wiedergefunden. Die haben wir schon ewig nicht mehr benutzt.«

»Ich kann mich noch gut daran erinnern, wie es gerochen hat, und ich durfte noch keinen Kaffee trinken.«

Er blickte sie verschmitzt an. »Ich habe die Maschine heute komplett gereinigt. Was hältst du davon, wenn wir sie gleich ausprobieren? Dann kann dir ja dein alter Vater noch etwas Neues beibringen.«

»Aber dieses Mal heißt es nicht: *Dafür bist du noch zu jung.*«

Ihr Vater lachte und es ging ihr durch und durch.

»Ist das schon lange her. Habe heute überlegt, wann Mama, du und ich das letzte Mal in Lignano am Meer waren.« Er stand auf und holte aus dem Küchenschrank die Metalldose mit dem Kaffee.

»Ich glaube, da war ich vierzehn. Das müsste in den Ferien gewesen sein, bevor ich in die Oberstufe aufs Gymnasium gekommen bin.«

Herbert füllte Wasser in den unteren Teil der Mokkamaschine und stellte sie auf den Gasherd. »Und war Mama wirklich so streng, dass du damals nicht schon ein paar Schluck Kaffee trinken durftest?«

»Ich kenne da jemand, der mich manchmal von seiner Tasse nippen ließ, wenn sie nicht da war.«

»Wer das wohl war?« Er lachte und sah sie verschmitzt an. »Da wir gerade von Italien sprechen. Ich habe noch die alte Kamera mit ein paar Filmrollen gefunden. Ich hatte im Urlaub ein paar Mal damit gefilmt.«

Martina sah erstaunt auf. Sie hatte die Kamera völlig vergessen. »Geht sie noch? Da wäre ich ja neugierig. Wir haben uns die Filme schon ewig nicht mehr angesehen.«

Sie hörten, wie die Wohnungstür aufgeschlossen wurde.

»Bin zurück.« Ihre Mutter stand im Durchgang zum Vorzimmer. »Martina, du bist schon da? Wie schön!«

»Hallo Mama.« Martina wunderte sich wieder einmal über

ihre Mutter. Nur für einen Termin beim Arzt hatte sie sich eines ihrer schönen Kostüme und den inzwischen alten, aber noch immer edlen braunen Kaschmirmantel angezogen. »Was hat der Doktor gesagt?«

»Lass deine Mutter doch kurz Luft schnappen und hereinkommen.« Herbert nahm seiner Frau den Mantel ab und hängte ihn auf die Garderobe. »Setz dich zu uns.«

Anna ließ sich neben Martina auf die Bank sacken. »Die alte Mokkamaschine? Ich wusste gar nicht mehr, dass wir die noch haben.«

»Trinkst du einen Kaffee mit uns mit?« Herbert füllte Kaffeepulver in den Siebtrichter. »Ja, gerne.« Sie seufzte. »War das voll. Ich habe da fast zwei Stunden gesessen.«

»Und was hat der Arzt gesagt?«

Ihre Mutter nahm die Brille herab. »Bis auf den grauen Star ist alles gut. Er meinte, die Entwicklung hätte sich verlangsamt. Aber insgesamt hat die Sehkraft weiter abgenommen.«

Ihr Vater blickte ihre Mutter besorgt an. »Was bedeutet das? Doch eine Operation?«

»Nein, aber um eine neue Brille komme ich nicht herum. Du weißt ja, dass ich keine Operation will.«

Es entstand eine unangenehme Stille zwischen ihnen. Es schien, als würden ihre Eltern jeder für sich in ihren eigenen Gedanken schwelgen. Der Geruch von Kaffee erfüllte den Raum. »Ein Kaffee ist jetzt genau das Richtige, was ich nach so einem Nachmittag brauche«, sagte ihre Mutter.

Martina war froh über einen Themenwechsel. »Weißt du, was Papa gefunden hat? Die alte Kamera mit den Filmrollen.«

»Da kann ich mich noch gut daran erinnern. Papa hat deine ersten Schritte gefilmt, oder wenn wir im Urlaub waren. Herbert, können wir die uns wieder einmal ansehen?«

Ihr Vater setzte sich und schenkte ihnen den Mokka ein. »Ich muss mal schauen. Das ist alles ziemlich eingestaubt. Aber ich probiere es und wenn Martina das nächste Mal kommt, dann können wir es uns ja gemeinsam ansehen.«

Martina nippte an dem Mokka. »Den hätte ich gestern gebraucht. Ist der stark.«

Ihr Vater trank einen Schluck. Er verzog sein Gesicht zu einer Grimasse. »Ja, stark ist er. Hatte nicht mehr ganz die passende Menge im Kopf.«

»Für mich genau richtig.« Anna trank noch einen Schluck von ihrem Mokka. »Ihr kennt mich ja. Was meinst du damit, den hättest du gestern gebraucht?«

Martina stöhnte innerlich auf. Warum hatte sie das nur gesagt? Ihre Mutter blickte sie fragend an. »Ich habe gerade furchtbar viel zu tun.«

»Hat es mit der Partnerschaft zu tun?«, bohrte sie nach.

»Nein, das wird noch dauern. Aber ich habe erfahren, dass die Verträge bereits aufgesetzt werden.«

»Das klingt doch gut.« Ihre Mutter sah sie nachdenklich an. »Verstehe das dann aber noch immer nicht ganz, was bei dir gestern los war.«

Wie immer, ihre Mutter konnte nicht aufhören nachzufragen. »Mama, du weißt doch, dass ich euch nicht alles von der Arbeit erzählen kann. Aber in einem wichtigen Fall wurde der Mandant verurteilt und jetzt muss ich die Berufung vorbereiten.«

»Aber für heute ist es gut. Jetzt ist einmal Wochenende.« Herbert legte seiner Frau die Hand beschwichtigend auf ihre. »Dann lassen wir die Arbeit mal Arbeit sein.«

Ihre Mutter verdrehte erst die Augen, aber dann nickte sie.

»Haben du und Christian für das Wochenende schon etwas vor?«, fragte der Vater Martina.

»Eigentlich wollten wir einen Wochenendausflug zum Attersee machen, aber das klappt nicht. Ich muss morgen noch etwas für die Berufung vorbereiten. Aber am Sonntagnachmittag fahren wir zu seinen Eltern.«

Ihr Vater runzelte die Stirn. »Denke aber nicht nur an die Arbeit. Eure Beziehung sollte nicht hinten anstehen.«

»Mache ich schon nicht. Christian hatte mir so etwas Ähnliches auch schon gesagt. Er macht sich offenbar Sorgen um unsere Beziehung.«

Anna setzte sich aufrecht hin. »Geh bitte. Christian sollte stolz sein, dass er so eine tolle Frau hat. Martina, lass dir nichts einreden. Du gehst deinen Weg.«

»Anna, bitte!« Herbert warf ihr einen strengen Blick zu.

Sie hob abwehrend die Hände. »Ist ja schon gut.« Schweigend grübelte ihre Mutter vor sich hin und rührte in ihrem

Kaffee rum. »Was anderes, ich möchte mir nächste Woche die neue Ausstellung in der Albertina ansehen. Du kennst ja Papa, den bringen keine zehn Pferde dort hin. Er hat vorgeschlagen, dich zu fragen. Magst du mich begleiten?«

Das jetzt auch noch. Sie sah ihren Vater hilfesuchend an. Der zuckte nur unschuldig die Schultern. »Ja, Dienstag oder Mittwoch nach der Kanzlei wäre möglich.« Hatte sie richtig gesehen und ihr Vater hatte erleichtert aufgeatmet? Da hatte er sich schön rausgemogelt.

»Dienstag 18:00?«, riss ihre Mutter sie aus den Gedanken.

Martina gab sich geschlagen. »Einverstanden. Wir treffen uns oben vor dem Eingang.«

Martina stocherte in ihren Pestonudeln herum und blickte aus dem Fenster. Inzwischen zogen sich rosa und lilafarbene Streifen durch das Blau des Himmels. Die Baumkronen wurden in ein warmes Licht getaucht. Heute war ein schöner Herbsttag gewesen, auch wenn es draußen schon ziemlich kühl war. Sie seufzte. Viele hatten an diesem Samstag sicher das schöne Wetter genossen und sie war heute nicht einmal draußen gewesen. Bis auf die Mittagspause, in der sie es sich ein paar Minuten mit einem Kaffee auf der Terrasse in der Sonne gemütlich gemacht hatte. Sie schob sich eine weitere Gabel in den Mund und schmeckte einen bitteren Nachgeschmack auf ihrer Zunge. Lustlos schob sie den Teller von sich und trank einen Schluck Rotwein. Den hatte Christian letztes Mal mitgebracht. Sie hatten die Flasche nicht ganz ausgetrunken. Was hatte er wohl heute gemacht? Sie klickte am Handy auf seine Nummer.

»Der Teilnehmer ist im Moment nicht erreichbar, wird aber per SMS über Ihren Anruf informiert«, verkündete eine elektronische Ansage.

Wo warst du, Christian? Sie trank ihr Weinglas leer. Dachte sie wirklich, dass er zu Hause auf sie wartete? Wahrscheinlich war er beim Billard oder sah sich mit Robert und Andreas ein Fußballspiel an. Aber dann könnte er wenigstens dran gehen. Sie warf die Essensreste in den Müll und räumte den Teller in den Geschirrspüler.

Das Handy vibrierte laut auf dem Küchentisch. *Bin unterwegs. Okay, wenn ich dich um 11 Uhr morgen abhole?*

Christian rief nicht einmal zurück. Er schrieb nur. Martina fuhr sich durch die Haare. Das passte gar nicht zu ihm. Sie konnte es nicht leiden, wenn etwas zwischen ihnen stand und sie sich nicht ausgesprochen hatten. Verdammt, sie hatte ziemlich kurzfristig abgesagt. Und das auch nicht zum ersten Mal.

Im Arbeitszimmer schaltete sie das Licht aus. Sie ging durch die Wohnung. Der Blick schweifte über das gemeinsame Bild über der Garderobe vom letzten Urlaub in der Toskana. Sie lachten beide in die Kamera. Christian hatte seine Hand um ihre Hüfte gelegt und sie zu sich gezogen.

Eine neue Nachricht von ihm. *Alles in Ordnung?*

Wenn er sich Sorgen machte, dann sollte er lieber einmal

anrufen, ärgerte sie sich. *Alles gut. Bis morgen um 11 Uhr*, antwortete sie.

Ein letzter wehmütiger Blick auf das Bild. Sie konnte den Geruch der Zypressen und Pinien fast noch riechen, den Atem von Christian am Hals spüren. Seine Haut war von der Sonne ganz warm gewesen und die alte Bäuerin hatte gelacht, als sie das Foto von ihnen beiden vor dem Gutshof gemacht hatte.

Auf dem Esstisch von Christians Eltern stand ein üppiger Strauß roter Rosen. Ingeborg kam hinter Martina und Christian herein. »Die habe ich von deinem Vater bekommen. Für jedes Jahr, seit wir zusammen sind eine Rose.« Sie blickte Georg verliebt an.

»Die Blumen sind wirklich schön.« Martina lächelte. Das mussten an die fünfzig Rosen sein. Aber wie immer war bei Ingeborg und Georg alles ein wenig größer und teurer.

»Da hat sich dein Vater wirklich ins Zeug gelegt, Christian. Mein lieber Georg.« Sie strahlte ihren Ehemann an.

Georg hakte sich bei ihr unter. »Für meine Frau nur das Beste.« Er wandte sich zu Christian. »Was habt ihr eigentlich zu eurem letzten Jahrestag gemacht?«

»Ach, für Martina und mich sind die Jahrestage nicht so wichtig. Wir verbringen einfach Zeit zusammen wie sonst auch.«

»Und wir sind ja auch schon so lange zusammen«, setzte Martina nach.

Ingeborg runzelte die Stirn. »Aber für die Liebe …« Das Klingeln an der Tür ließ sie innehalten. »Das wird dein Bruder mit Franziska sein. Setzt ihr euch inzwischen schon einmal.«

Aus dem Vorzimmer hörten sie das Gepolter und fröhliche Stimmen. »Das war doch nicht nötig.« Ingeborg kam mit einen gelben Blumenstrauß herein. »Seht mal, was ich für schöne Blumen von Sebastian bekommen habe. Ist der Strauß nicht schön?«

»Ja, Mama.« Christians Stimme klang gereizt.

»Von deinem Vater und Sebastian kannst du dir noch eine Scheibe abschneiden. Nicht wahr, Martina?«

Christian hielt mit dem Auto vor Martinas Haus. Er rieb sich am Kinn, suchte ihren Blick. »Wäre es für dich wichtig gewesen?«

»Was meinst du?« Sie öffnete den Gurt und drehte sich zu ihm.

»Hättest du dich über ein Geschenk oder Blumen zu unseren Jahrestagen gefreut?«

Martina sah ihn erstaunt an. »Nein, das ist schon so in Ordnung. Wir haben uns ja noch nie etwas zu den Jahrestagen geschenkt.«

»Ich war nur verunsichert. Und natürlich macht Sebastian wieder alles besser. Er ist der Traumsohn und ich?«

»Ach Christian, du kennst ja deine Mutter. Sie ist halt so. Aber ich habe dich und das ist gut so«, sagte Martina und umarmte ihn. Sie spürte seine Wärme und hätte noch eine halbe Ewigkeit so bleiben können. »Magst du noch hochkommen?«

»Ich fahre. Du musst doch sicher noch etwas für deinen Fall für morgen vorbereiten.«

»Okay. Schade, aber du hast leider recht.« Martina öffnete die Beifahrertür und stieg aus.

»Martina, du bedeutest mir wirklich viel.«

Ihre Blicke trafen sich. Sie schluckte. »Du mir auch. Telefonieren wir abends?«

»Bis später.«

Sie warf ihm eine Kusshand zu und öffnete die Eingangstür zum Mehrfamilienhaus.

Martina schloss die Akte und trat auf die Terrasse. Sie sah auf dem Gehweg ein älteres Paar. Er hatte den Arm um sie gelegt und sie spazierten unten an ihr vorbei. Wie schön wäre es, wenn sie jetzt nicht allein wäre, sondern den Abend mit Christian verbracht hätte. Auch ein paar Blumen wären ab und an schön. Aber das war nichts für Christian. Heute konnte sie den Abend nicht mehr ändern. Aber morgen. Sie tippte ins Handy. *Hast du morgen Abend Zeit?*

Wenige Sekunden später vibrierte das Handy. *Ja, wofür?*

Sie googelte den Beginn des neuen James Bond Films im Kino beim Stadtpark.

Wir holen unseren Kinoabend nach. Ich hole dich gegen 18:30 in der Kanzlei ab. Schlaf gut.

Ein großes Emoji mit Kuss kam als erste Nachricht. Danach. *Ich freue mich auf morgen. Schlaf gut und träume was Schönes.*

9

Martina öffnete die Tür und betrat den Empfangsbereich der Kanzlei.

Frau Gruber kam ihr entgegen. »Frau Bäumer, da sind Sie ja endlich. Wo waren Sie so lange?« Sie blickte Martina über die Brille sorgenvoll an.

»Guten Morgen. Was ist los, habe ich einen Termin übersehen?« Martina schluckte trocken. »Oder Peters?«

Die Sekretärin nickte. »Herr Dr. Peters will Sie sofort sprechen. Er hatte schon mehrmals nach Ihnen gefragt.«

»Geht es um den Fall Holler?«

»Ich weiß es nicht. Entschuldigung, dass ich Sie gleich überfallen habe.« Sie blickte zu Boden.

»So schlimm?«

»Ich bin mir nicht sicher.«

»Machen Sie sich keine Sorgen.« Das reicht schon, wenn ich es tue, dachte sie im Stillen. »Ich gehe mal zu ihm rein.«

Martina klopfte an die Tür.

»Herein!«

Ihr Magen zog sich schmerzhaft zusammen. Sie atmete tief durch und öffnete die Tür. »Guten Morgen, Herr Peters.«

Hinter dem großen Mahagonitisch, der den Raum beherrschte, saß Peters und nickte ihr kurz zu. »Setzen Sie sich. Wir müssen reden.« Er sah sie mit einem durchdringenden Blick an.

Martina schluckte und ihre Knie begannen zu zittern.

»Wie konnte es eigentlich zu der Verurteilung in diesem Fall kommen? Herr Holler hat mich letzte Woche angerufen und mir von dem vernichtenden Urteil berichtet und dass Sie nichts dagegen getan haben. Ich habe Ihnen damals den Rücken gestärkt.«

»Herr Peters …«

Er stoppte mit einer Handbewegung ihren Einwand.

»Ich habe heute nochmals mit Herrn Holler gesprochen. Er droht uns, nein mir, die Kanzlei zu verlassen. Wissen Sie eigentlich, was das bedeutet?«, schnauzte er sie an. Er nahm seine Brille ab und beugte sich vor. »Wissen Sie, was das für mich bedeutet?«

»Ich habe bereits die letzten Tage die Ansätze für das Berufungsverfahren erarbeitet. Es sind nur noch Abstimmungen mit Herrn Dr. Obermüller aufgrund der Absprachen hinsichtlich der Vergünstigungen beim Kauf des Grundstückes zwischen Herrn Holler mit dem Ministerium notwendig geworden. Zudem haben wir auch erfahren, dass dem Gericht ein Chatverlauf zwischen Herrn Bauer und einem hochrangigen

Mitarbeiter des Ministeriums vorliegen. Ich werde noch heute nach dem Gespräch mit Herrn Obermüller die abgestimmte Strategie ausarbeiten und nochmals einen Termin mit Herrn Holler vereinbaren.« Martina fuhr sich nervös mit den Fingern durch ihr schulterlanges Haar.

Peters fuhr sich an den Schläfen entlang, setzte die Brille ab und blickte sie offen an. »Können oder wollen Sie mich nicht verstehen?«

Martina sah ihn erstaunt über den Schreibtisch an. Nervös spielte sie an ihrer Perlenkette. »Wie meinen Sie das?«

»Es ist ausgeschlossen, dass Sie die Berufung in diesem Fall durchführen.«

Martina setzte sich gerade auf, hielt seinem Blick stand und beugte sich zu ihrem Chef vor. »Herr Peters, das ist natürlich Ihre Entscheidung. Aber ich habe monatelang an dem Fall gearbeitet und kenne alle Details. Außerdem habe ich die Berufung schon vorbereitet. Wer soll sich in so einer kurzen Zeit hier einarbeiten?«

Er setzte seine Brille wieder auf. »Dann ist es gut, dass ich das bereits entschieden habe. Herr Holler hat sich gegen Sie ausgesprochen und auch Herr Dr. Obermüller war von dem passiven Plädoyer vor Gericht überrascht. Das ist eine wohlwollende Formulierung für das, was mir zu Ohren gekommen ist.«

»Dr. Obermüller?« Martina lehnte sich zurück und verschränkte die Arme. »Wieso?«

»Frau Bäumer, wir brauchen das jetzt nicht lange zu diskutieren. Die Entscheidung ist getroffen. Sie haben ausreichend andere Fälle. Herr Meger wird noch heute mit Herrn Holler über die Details der Berufung sprechen. Übergeben Sie ihm die Akte.«

Am liebsten hätte sie ihm an den Kopf geworfen, was sie von dieser Entscheidung hielt. Sie sollte ruhig bleiben. Sonst würde es nur noch schlimmer werden, dachte sie sich. Meger und er?

»Das wäre für heute alles. Sie haben sich in den letzten Monaten zu viel zugemutet. Nutzen Sie die Zeit für Ihre anderen Mandanten«, sagte er ruhig, aber eindringlich. Dann wendete er den Blick ab.

Bevor sie etwas erwidern konnte, griff er zum Telefon »Peters, hier.«

Das war typisch für ihn! Wenn es unangenehm wurde und er sich erklären müsste, dann beendete er das Gespräch.

»Und?« Frau Gruber sah von ihrem PC auf.

»Es gibt kein *und* oder sonst etwas!«

Ihre Sekretärin zuckte zusammen und sah sie bestürzt an. »Tut mir leid. Ich wollte nicht …«

Martina wurde schlecht. »Frau Gruber, mir tut es leid. Sie können nichts dafür.« Sie nahm die Akte Holler aus der Tasche, zerriss die Notizen für die Berufung und warf sie in den Papierkorb. »Hier die Akten vom Fall Holler. Geben Sie die bitte Herrn Meger.«

»Ja, aber warum?«

Martina hielt sich einem Moment an der Akte fest und begegnete dem fragenden Blick. Dann hielt sie Frau Gruber die Akte hin. »Er übernimmt die Berufung ab sofort.«

Die Sekretärin schüttelte den Kopf. »Mache ich selbstverständlich. Kann ich für Sie noch etwas tun? Vielleicht einen Kaffee oder lieber Tee zur Beruhigung?«

Martina schmunzelte. »Sie sind ein Engel, Frau Gruber. Aber keinen Beruhigungstee. Für einen richtig starken Kaffee wäre ich allerdings dankbar.«

»Gerne. Kommt gleich.« Die Sekretärin verschwand in der Teeküche.

Martina war froh, als sie die Tür in ihrem Büro hinter sich zuzog. Sie lehnte sich gegen das Holz und schloss ihre Augen. Meger übernahm die Berufung. Was bilden sich die beiden nur ein? Ihr Magen verkrampfte sich allein bei dem Gedanken. Es klopfte. »Einen Moment.« Sie setzte sich. Frau Gruber kam herein. Sie stellte Martina ein Silbertablett mit einem großen Espresso, einem Glas Wasser und einen kleinen Teller mit Schokoladenkeksen auf den Schreibtisch.

»Kekse?«

»Ja. Wie sagte mein Vater schon: Bei Sorgen und Kummer hilft ein Stück Schokolade. Mit Schokolade kann ich leider nicht dienen, aber Kekse helfen auch.«

Martina sah ihre Sekretärin an und schluckte. »Ich bin froh, dass ich Sie habe.«

»Danke.« Ihre Sekretärin nickte ihr zu und ging zur Tür. Sie drehte sich nochmals um. »Wenn Sie etwas brauchen – Sie wissen, wo ich bin.« Frau Gruber blickte sie einen Moment stumm an. Dann zog sie die Tür hinter sich zu.

Martina kramte in der Aktentasche nach ihrem Handy und erwischte die Packung mit den Magentabletten. Sie nahm eine Tablette und trank das Glas Wasser in einem Zug aus. Endlich hatte sie ihr Handy in der Hand und tippte eine Nachricht an Paul: *Hast du Zeit für eine Mittagspause oder einen Kaffee am Nachmittag?* Während sie auf seine Antwort wartete, aß sie einen der Kekse.

Haben heute um vierzehn Uhr eine Pressekonferenz. Könnte aber so gegen sechzehn Uhr, schrieb Paul.

Sie seufzte auf. Da vibrierte das Handy nochmals. *Alles klar bei dir?*

Ja, na ja. Erzähle ich dir dann. Sechzehn Uhr klingt gut. Wie immer beim Café unter der Kanzlei? Ich warte drinnen dann auf dich. Bis später.

Ja. Kopf hoch.

Bei der letzten Nachricht schickte er eines seiner animierten Comicbilder mit. Sie musste schmunzeln. Das war einfach Paul. »Aber jetzt reiß dich zusammen Martina«, sagte sie zu sich selbst. Sie hatte genügend zu tun. Martina blickte auf den Aktenstapel neben sich. Wenn sie schon die Berufung abgeben musste, dann konnte sie die Zeit nutzen und die anderen Akten abarbeiten. Dann war sie wenigstens beschäftigt und musste nicht an Peters denken. Und vor allem nicht an Meger, der wahrscheinlich wie ein Gockel vor Freude im Büro herumtanzte wegen ihrer Niederlage. Sie konnte sich sein Grinsen bildhaft vorstellen.

»Was ist, Paul? Hörst du mir zu?«, fragte Martina ihn.

»Ja, ja.« Er reckte seinen Kopf an ihr vorbei und sah zur Theke rüber.

Martina drehte sich um und sah eine ältere Dame im grauen Kleid und einem übergroßen roten Schal um ihren Hals gebunden. »Kennst du sie?«

»Wenn ich mich nicht irre, dann ist das die Sängerin, die ich vor ein paar Wochen in der Oper gesehen habe. Aber egal, erzähl weiter.«

»Wo war ich denn?« Martina umspielte mit ihren Finger eine Haarsträhne. »Ja, genau und es reicht ja nicht, dass mir der Peters die Berufung weggenommen hat, dann kommt der Meger mir noch beim Rausgehen entgegen und meinte, er hilft ja gerne in der Not aus. Und grinste mich an.«

»Ganz Meger, wie man ihn kennt. Lasse dich nicht von ihm ärgern.«

»Er setzte ja noch eins drauf, als ich meinte, er kann bei Fragen auf mich zukommen.«

Paul blickte sie gespannt an.

»Er hat keine Fragen. Der Fall sei eindeutig und die Berufung ein Kinderspiel. Ich hätte ihn an die Wand klatschen können.«

Martina merkte, wie die zwei älteren Frauen am Nebentisch irritiert zu ihnen hinübersahen. Die eine schüttelte den Kopf und flüsterte der anderen etwas zu.

»War ich gerade etwas zu laut?«

»Nein.« Paul versuchte krampfhaft sein Lachen zu unterdrücken. »Du hast nur eine flammende Rede gehalten, ganz Anwältin.« Er prustete vor Lachen los.

»Du nimmst mich nicht ernst.«

»Doch, sogar sehr ernst.« Er blickte sie aufmerksam an. »Deshalb frage ich mich, warum du dir das in der Kanzlei noch antust. Du weißt, ich bin dein Freund und unterstütze dich. Aber ich frage mich, ob es das wirklich wert ist?«

Martina sah ihn erstaunt an. »Was soll ich denn sonst tun? Alles aufgeben, wofür ich die letzten Jahre so hart gearbeitet habe?«

Er sah sie einem Moment an, nippte an seinem Tee.

»Und?«, bohrte sie nach.

»Ich weiß es nicht. Martina, du musst wissen, was du möchtest. Aber es gibt nicht nur diese Mandanten und diese Kanzlei.«

Martina ließ den Löffel in die Espressotasse fallen. »Das weiß ich. Ich will aber diese Partnerschaft und dann kommt der Rest.«

Paul hob verteidigend seine Arme hoch. »Ich ergebe mich, denn ich möchte nicht mit dir streiten. Aber denke einfach mal darüber nach.«

Martina nickte. »Einverstanden.«

»Und solltest du dir es doch anders überlegen, bei uns in der Arbeitnehmervertretung werden immer gute Anwälte gebraucht.«

»Das meinst du jetzt aber nicht ernst?« Sie lachte. »Mein Platz ist in der Kanzlei. Ich brauche den Trubel um mich herum und das alles.«

Von draußen hörten sie die Kirchenglocken. Paul sah auf die Uhr. »Mensch, es ist schon siebzehn Uhr. Habe Barbara versprochen, heute nicht allzu spät nach Hause zu kommen. Wollen wir zahlen?«

Martina nickte und drehte sich zur Kellnerin um. »Rechnung bitte. Du bist natürlich eingeladen.«

»Wie komme ich zu der Ehre?« Er schlüpfte bereits in seine braune Wolljacke.

»Für's Zuhören. Du bist ja ganz zappelig.«

»Ja, bin wirklich etwas spät dran.«

Martina blickte über die Schulter und sah, wie die Kellnerin an einem anderen Tisch abkassierte. »Komm, geh du schon. Ich zahle.«

»Bist du dir sicher?«

Sie nickte.

»Danke.« Er stand auf, umarmte sie und verließ das Café. Sobald er draußen war, fing er beinahe an zu laufen. Sie sah ihm noch einem Moment durch das große Rundfenster nach. Dann verschwand er in der Menschenmenge. Hoffentlich war es nicht wieder so schlimm mit Barbara. War es da in Ordnung, dass sie ihn auch noch mit ihren Problemen belagert hatte?

»Das macht acht Euro vierzig.« Die Kellnerin legte ihr die Rechnung auf den Tisch.

Sie gab ihr einen Zehner. »So passt es.«

»Vielen Dank. Ich wünsche Ihnen noch einen schönen Tag.«

Martina blickte auf ihre Uhr. Sie hatte noch etwas Zeit, bis sie Christian von der Kanzlei abholte. Sollte sie nochmals kurz in die Kanzlei gehen und die Akten weiter bearbeiten? Was hatte Paul zu ihr gesagt? *Es gibt nicht nur diese Mandanten und diese Kanzlei.* Er hatte leicht reden. Paul hatte bewusst vor Jahren die Entscheidung gegen eine Kanzlei getroffen. Aber für heute ließ sie es gut sein. Martina beschloss Christian vom Büro abzuholen. Sie nahm die Aktentasche und verließ das Café.

Martina ging über den Graben zum Stephansplatz. Der Wind pfiff durch die Häuserkette hindurch. Sie fröstelte und stellte ihren Mantelkragen hoch. Vielleicht hätte sie doch noch in die Kanzlei gehen sollen. Ihr Magen knurrte leise vor sich hin. Bis zum Filmstart waren es noch zwei Stunden. Was machte sie inzwischen? Lange wollte sie bei dem eisigen Wind nicht draußen herumlaufen. Sie rief Christian an. »Hi, ich wollte dich doch in eineinhalb Stunden von der Kanzlei abholen.«

»Ja?«

»Bei mir ist heute die Mittagspause ausgefallen und ich wollte dich fragen, ob du etwas früher Schluss machen kannst. Dann könnten wir vorher noch schnell etwas Essen gehen. Ich könnte dich so in fünfzehn Minuten abholen.«

Sie konnte Christians Durchschnaufen hören. »Ach so. Ich dachte, du wolltest mir schon absagen.«

»Wieso?« Das konnte sie sich selbst beantworten und sie ärgerte sich über ihre Frage.

In der Leistung blieb es kurz still. Christian räusperte sich. »Martina, normalerweise gerne. Aber ich habe gleich noch einen Termin mit einem Kollegen.«

»Schade. War auch nur so eine Idee.« Sie versuchte, ihre Stimme neutral klingen zu lassen.

»Tut mir echt leid. Aber ich mache es gut und lade dich nachher auf einen Cocktail ein. Es hat ganz in der Nähe eine neue Bar aufgemacht.«

Auch das heute noch. Kino würde doch reichen. Sie wusste, sie konnte Christian nicht schon wieder versetzen. »Einverstanden. Kommst du dann direkt zum Kino? Dann würde ich die Tickets holen, mich bei Vapiano reinsetzen und etwas essen.«

»Fast Food auf Italienisch. Da bin ich doch froh, dass ich noch einen Termin habe.« Er lachte leise. »Ich hole dich dann ab. Freue mich auf unseren Abend.«

»Ich mich auch. Bis dann.«

Christian war so bodenständig, aber beim Essen war

er wirklich schwierig. Da konnte er ein richtiger Snob sein. Selbstbedienungsrestaurants oder ein Würstelstand waren ein Graus für ihn. Sie lächelte. Martina spiegelte sich im Schaufenster eines Schuhgeschäfts. Es war das erste Mal, dass sie sich seit dem Urteil wieder selbst lächeln sah.

Martina ging neben Christian im gedämmten Licht die Stufen im Kinosaal hoch.

Christian nahm ihre Hand. »Der Film war ganz gut, aber mit den alten James Bond Filmen mit Sean Connery oder Roger Moore kann er nicht mithalten. Wie hat es dir gefallen?«

»Ganz gut.« Sie hatte nicht viel von dem James Bond mitbekommen. Christian war nach wenigen Minuten in den Bann des Films verfallen und sie hatte überlegte, wie es beruflich weitergehen konnte. Peters hatte ihr tatsächlich die Berufung entzogen.

»Begeisterung klingt aber anders. Vielleicht kann dich ein Cocktail und vor allem meine Begleitung etwas aufheitern. Und dann erzählst du mir, was los ist.« Er zog sie zu sich.

Martina nickte und versuchte seinem wachsamen Blick auszuweichen.

Sie verließen das Kino und ein kalter Wind blies ihnen entgegen. Sie überquerten die Straße und standen nach wenigen Schritten vor dem Eingang der *Lone Palm Bar*. Christian hielt ihr die Tür auf. Lautes Stimmengewirr empfang sie. Die Bar war gut besucht. Das Licht war gedimmt. Nur die Scheinwerfer an der Decke und an der Bar spendeten bläuliches Licht. Sie suchten nach einem freien Hochtisch.

»Ich glaube, wir haben kein Glück«, sagte sie zu Christian.

»So alt sind wir auch wieder nicht. Komm, an der Bar sind noch ein paar Plätze frei. Lass uns da hingehen.«

Martina sah die beiden Männer mit ihren schwarzen Anzügen an der Bar, die die Cocktails mixten und eine Show für die davorsitzenden Damen ablieferten. Der Jüngere der beiden Barkeeper lächelte sie an und zeigte auf die zwei freien Plätze an der Bar.

»Ich wünsche Ihnen einen schönen Abend. Was möchten die Dame und der Herr trinken?« Der Barkeeper zeigte hinter sich an die Wand. »Hier haben Sie alle Cocktails aufgelistet. Oder wissen Sie schon, was Sie möchten?«

Sie schüttelte den Kopf. Ihr schwirrten die verschiedenen Cocktailnamen im Kopf herum. Martina hatte von den meisten noch nichts gehört.

»Von der Auswahl bin ich überfordert. Was hältst du davon, wenn wir mit zwei Caipirinha beginnen?«, fragte Christian sie.

»Gerne.« Martina war erleichtert, dass er ihr die Entscheidung abgenommen hatte und versuchte auf dem Barhocker so bequem wie möglich zu sitzen. Sie rutschte hin und her.

Der Barkeeper schob ihnen die Getränke zu. Christian reichte Martina ihr Glas. »Lass uns auf den gemeinsamen Abend anstoßen.«

Martina nippte an ihrem Cocktail. Sie sah sich in der Bar

um. Die Betonwände waren kahl und wurden nur durch die Scheinwerfer in Blautönen beleuchtet. Heute Morgen hatte sie Peters von der Berufung abgezogen und jetzt saß sie da und schlürfte Cocktails. Was war nur mit ihr los?

»Nicht so schnell. Wir haben Zeit.« Christian lächelte ihr zu.

Sie blickte auf ihr Glas. »Da hast du recht. Sonst komme ich heute nicht mehr heim. War nur in Gedanken.«

»Wer oder was lenkt dich gerade von deinem Freund ab?«

»Nichts Bestimmtes. Ich habe nur überlegt, dass wir wieder häufiger ins Kino gehen sollten …«

»Möchte die Dame noch einen Caipirinha?«, unterbrach der Barkeeper sie.

»Nein, danke, für mich nicht mehr.«

Martina ließ sich auf die Rückbank des Taxis sacken. Christian nannte dem Fahrer ihre Adresse. Bis auf das Surren des Motors war es angenehm still. Sie freute sich darauf, nach Hause zu kommen und endlich wieder mit ihm allein zu sein.

»Du siehst müde aus.« Christian strich ihr zärtlich über die Wange. »Was bedrückt dich schon den ganzen Abend?«

Sie hatte keine Lust, ihm jetzt von der Arbeit zu erzählen. Aber sie wollte ihm auch nichts vormachen. »Peters hat mir die Berufung entzogen.«

»Der Fall Holler?«, hakte er nach. »Und damit wieder einmal mit der Partnerschaft verbunden?« Er wendete seinen Blick von ihr ab und sah beim Fenster hinaus.

»Ja. Aber ich will nicht, dass wir deshalb streiten.«

»Nein, das tun wir nicht. Aber sie schwebt wie ein Damoklesschwert über uns.«

Sie schluckte. »Weißt du, was mir Paul heute angeboten hat?«

Christian schüttelte den Kopf. »Was hat dein so alternativer Freund Paul vorgeschlagen? Und was hat er damit überhaupt zu tun?«

Christian und Paul. Das waren zwei absolute Gegensätze. »Du bist wirklich ein Snob. Sie suchen aktuell Juristen.«

Christian lachte schallend auf. »Du willst mir aber nicht erzählen, dass du das ernsthaft überlegst?« Er sah sie skeptisch an. »Du, die angehende Partnerin, immer auf der gegnerischen Seite. Dann würde ich dich wenigstens häufiger sehen. Wenn auch bei Gericht.«

»Ich habe das Paul so ähnlich gesagt.« Doch vielleicht müsste sie dann nicht jeden Tag mit Peters und Meger diskutieren, dachte sie sich.

»Martina, ganz im Ernst. Wegen mir musst du nicht weiterhin so viel arbeiten. Aber ich akzeptiere es, dass wir beide dafür zurückstecken. Aber nicht für so etwas. Da wäre mir der Preis zu hoch.«

Der Taxifahrer räusperte sich.

»Ja?«, fragte Christian.

»Wir sind gleich da. Wo soll ich Sie aussteigen lassen?«

10

Martina saß vor dem Saal 101 im ersten Stock des Landesgerichts. Sie schaute auf ihr Handy. Noch zwanzig Minuten, bis die Verhandlung fortgesetzt wurde. Sie sah zu ihren Mandanten hinüber. Er stand mit seiner Freundin am Fenster. Das junge Mädchen blickte ihn besorgt an. Er hielt ihre Hände und sprach beruhigend auf sie ein.

Martina wendete sich wieder ihrem Handy zu und sah in ihre Kalenderapp. Nach der Verhandlung hatte sie keine Termine mehr. Gut so, wenn sie an die beiden Stapel unerledigter Akten in ihrem Büro dachte. Dann fiel ihr wieder der Termin mit ihrer Mutter ein. Sie seufzte innerlich auf. Am Abend traf sie sich mit ihr bei der Albertina. Was würde sie dafür geben, nach der Arbeit in Ruhe zu Hause oder mit Christian Zeit zu verbringen?

»Frau Bäumer?«

Martina blickte auf. Der Reporter vom Tagesspiegel stand vor ihr. »Guten Morgen, Herr Sautner.«

»Haben Sie einen Moment für mich?« Ohne ihre Antwort abzuwarten, setzte er sich neben sie.

»Aber nur kurz. Was möchten Sie?«

»Danke. Sind Sie mit dem Verlauf der heutigen Verhandlung zufrieden?«

Martina musterte ihn aufmerksam. »Ich glaube nicht, dass Sie an einer mutmaßlichen Falschaussage meines Mandanten wirklich interessiert sind.«

Er lachte. Die Enden seines Schnauzers verzogen sich nach oben. »Da haben Sie mich jetzt erwischt. Ich interessiere mich natürlich für die Angelegenheit mit Herrn Holler. Wann findet die Berufung statt? Wie wollen Sie vorgehen?«

Ihr Magen verkrampfte sich. Martina rieb sich einen Moment das linke Ohrläppchen. Sie sah ihm direkt in die Augen. »Herr Sautner, Sie kennen mich doch. Stellen Sie bitte eine offizielle Anfrage an die Kanzlei Dr. Peters.« Sie stand auf. »Ich muss mich verabschieden. Mein Mandant wartet.«

»Selbstverständlich, Frau Bäumer.« Widerwillig stand er auf und ging den Gang zu den Aufzügen hinab.

Martina sah ihm einen Augenblick nach. Ihre Hände zitterten. Sie atmete tief durch, dann trat sie zu ihrem Mandanten Pogner ans Fenster.

Der grauhaarige Richter sah mit ernstem Blick in Richtung des Mandanten. »Da sich Herr Pogner schuldig bekannt hat, die Falschaussage bei der Polizei am 17. Juni 2021 getätigt zu haben, sowie heute vor Gericht Einsicht gezeigt hat, empfehle ich eine Diversion. Stimmen die Staatsanwaltschaft und die Verteidigung dem zu?«

Der Staatsanwalt nickte. »Stimme zu.«

Martina räusperte sich. »Ich habe mit meinem Mandanten die Möglichkeit einer Diversion besprochen. Diese wird angenommen.«

Der Richter schrieb sich Notizen in seine Unterlage, er hob den Kopf und wendete sich direkt an Herrn Pogner. Er erklärte ihm die Auswirkungen der Diversion und redete ihm ins Gewissen, um zu verdeutlichen, welche Folgen bei einer erneuten Straftat auf ihn zukommen würden. Die Verhandlung wurde geschlossen.

Beim Hinausgehen kam die Freundin von Herrn Pogner auf sie beide zu.

»Was bedeutet das jetzt. Diversion?«, fragte sie.

»Dass Ihr Freund Glück hatte und der Richter milde war.« Martina sah Herrn Pogner an. »Ohne Ihr Schuldeingeständnis wäre das nicht möglich gewesen. Sie wissen aber, dass das kein Freifahrtschein ist?«

Er nickte. »Ja. Danke, dass Sie mir geholfen haben.«

»Gerne. Das ist ja meine Aufgabe. Ich muss mich jetzt verabschieden und zurück in die Kanzlei. Ihnen beiden wünsche ich alles Gute.«

»Auf Wiedersehen, Frau Bäumer.«

»Hallo, ich bin wieder zurück vom Gericht.« Martina stellte beschwingt die Aktentasche ab.

»Hallo Frau Bäumer, Sie sind gut gelaunt.« Die Sekretärin kam ihr mit einer Tasse entgegen. »Wollen Sie auch einen Tee und ein Stück Apfelkuchen? Den habe ich gestern Abend frisch gebacken.«

»Nein, danke. Ich habe auf dem Weg vom Gericht zur Kanzlei gleich meine Mittagspause eingelegt und eine Kleinigkeit im Café gegessen.«

Martina zog ihren Mantel aus und hängte diesen an die Garderobe. »Ach, Frau Gruber, ist Herr Braun schon zurück?«

»Nein, der ist vor einer halben Stunde zu Tisch gegangen. Sollte gegen 13:30 wieder zurück sein. Soll er sich bei Ihnen melden?«

»Ja, geben Sie ihm bitte Bescheid, wenn er zurückkommt. Können Sie für unser Gespräch die Akte Meyer vorbereiten und später dann einen Kaffee bringen?«

»Wird erledigt.«

Martina drehte sich um und blieb abrupt stehen. Sie zuckte zusammen. Der Kollege Meger stand vor ihr. »Haben Sie mich erschreckt. Ich habe Sie gar nicht kommen gehört.«

»Tut mir leid. War nicht meine Absicht.« Meger blickte sie für einen Moment zerknirscht an. »Kann ich bitte durch?«

Martina trat ein Schritt zur Seite. »Ja, natürlich.«

Meger ging an ihr vorbei. Sie sah Frau Gruber fragend an. Die Tür von Megers Büro fiel zu. »Was ist mit ihm los?«

»Seine Ex-Frau hat zuvor angerufen. Ich habe sie durchgestellt. Sie klang nicht gerade freundlich.«

Martina schüttelte den Kopf. »Okay, dann wundert mich nichts mehr. Ich bin jetzt im Büro, wenn etwas ist.«

Martina saß über der Akte der heutigen Gerichtsverhandlung, als es klopfte. »Herein.«

Frau Gruber öffnete die Tür und hielt sie dem Kollegen auf.

»Ich habe gehört, du kannst es gar nicht erwarten, mich zu sehen.« Mit einer Akte unter dem Arm und einem Tablett mit Kaffee kam Gerhard zu ihr herein.

Frau Gruber schüttelte den Kopf und lachte. Sie schloss für ihn die Tür.

»Auf Kollegen, die so charmant sind und mich mit Kaffee versorgen, will man nicht lange warten.« Martina nahm ihm das Tablett ab und stellte es auf ihren Schreibtisch ab.

»Danke. Das Balancieren muss ich noch üben.«

Martina lachte. »Ja, das sah noch nicht ganz professionell aus.«

»Schön, dass du wieder lachst.« Er sah sie eindringlich an.

»Es muss ja weitergehen. Hat es sich bereits in der Kanzlei herumgesprochen?«

Er nickte. »Corinna hat es mir vorhin beim Essen erzählt.«

Natürlich hatte es sich herumgesprochen. »Dann hat dir Frau Hauser sicherlich auch erzählt, dass Meger die Berufung übernimmt. Da wird sie sicherlich auch mitarbeiten.«

Ihr Kollege rutschte auf den Sessel hin und her und pustete sich eine Haarsträhne aus dem Gesicht.

»Entschuldige. Ich wollte dich nicht in Bedrängnis bringen«, sagte Martina.

»Okay. Dann legen wir los.« Gerhard schlug die Akte auf.

»Mein Mandant Thomas Meyer wird wegen schwerer Körperverletzung angeklagt. In der Nacht vom dritten auf den vierten Mai dieses Jahres ist es am Donaukanal zu einer Schlägerei gekommen. Laut der Anklage soll mein Mandant Meyer mehrmals auf das Opfer eingeschlagen und nachdem es zu Boden gegangen ist, auf das Opfer mehrfach eingetreten haben. Bis er von anderen herbeieilenden Jugendlichen davon abgehalten wurde.« Gerhard sah von der Akte auf.

»Hat dein Mandant die Tat zugegeben?«

»Nein, da es nach seiner Aussage zu einer Verwechslung gekommen ist.«

Martina fuhr sich durch die Haare. »Verwechslung?«

»Ja. Nach seiner Schilderung hat er zusammen mit einem Freund einen Streit mitbekommen, bei dem ein junger Mann einen Jugendlichen bedroht hat. Er wollte schlichten, doch dann hat der junge Mann ihm einen Faustschlag verpasst. Im Anschluss griffen mehrere andere Jugendliche in die Schlägerei ein.«

Martina notierte sich die Fakten. »Aber es gibt doch sicher Zeugen. Was haben die bei der Polizei zu Protokoll gegeben?«

Gerhard klickte mit dem Kugelschreiber. »Das ist das Problem! Die Aussagen widersprechen sich. Erschwerend kommt dazu, dass Thomas Meyer zwei Messer mit sich geführt hat.«

»Hat er sie im Streit eingesetzt?«, hakte Martina ein.

»Nein, aber er konnte der Polizei auch nicht plausibel erklären, warum er sie mitführte.«

»Wie willst du vorgehen?«

»Der Mandant wird sich nicht schuldig bekennen. Ich werde die Widersprüchlichkeit der Aussagen und die Faustschläge anführen, die zu Beginn der Schlägerei gegen meinen Mandanten getätigt wurden.«

»Das klingt plausibel. Wenn ich dich wo unterstützen kann, dann sag Bescheid.«

Martina begleitete den Kollegen aus ihrem Büro. »Bis morgen, Gerhard.« Zu ihrer Sekretärin gewandt sagte sie: »Können Sie bitte mit Herrn Schindler den Termin abklären? Bisher habe ich hier noch keine Rückmeldung.«

»Mache ich. Benötigen Sie sonst noch etwas, Frau Bäumer?«

»Nein, gibt es noch Unterlagen, die ich unterzeichnen muss oder gab es während meines Gesprächs mit Herrn Braun Anrufe? Muss heute pünktlich weg.«

»Nein. Von meiner Seite her gibt es nichts mehr.« Ihre Sekretärin blickte sie neugierig an.

»Gar nicht so spannend. Ich habe mich von meiner Mutter breitschlagen lassen, mit ihr in die Albertina zu gehen.«

Frau Grubers Augen leuchteten auf. »Sie Glückliche. Da könnte ich Stunden verbringen. Es soll jetzt eine neue Ausstellung über die Zeichnungen von Paul Flora geben. Aber mein Mann, den kriegen keine zehn Pferde hinein.« Sie seufzte.

Ihre Sekretärin war immer wieder für Überraschungen gut. »Sie kennen sich ja gut aus. Ich glaube, meine Mutter hätte mit Ihnen heute mehr Freude als mit mir. Ich weiß gar nicht, welche Ausstellung wir uns heute ansehen.«

»Nein, ein schöner Mutter-Tochter-Abend hat doch auch etwas. Ich wünsche Ihnen auf jeden Fall viel Vergnügen.«

Frau Gruber kannte ihre Mutter nicht. Martina verkniff sich daher einen bösen Kommentar. »Danke. Aber jetzt warten noch meine Akten auf mich.« Sie ging in ihr Büro.

Martina eilte die Stufen auf der Rolltreppe zur Albertina hoch, wo sie ihre Mutter bereits warten sah.

»Schön, dass du es noch geschafft hast.« Ihre Mutter küsste sie links und rechts auf die Wange.

»Hallo, Mama.« Sie drückte sie kurz an sich und holte tief Luft. »Was sehen wir uns heute an? Frau Gruber hat mir erzählt, dass es eine neue Ausstellung über einen österreichischen Zeichner gibt.«

»Nicht irgendeinen Zeichner, sondern Paul Flora. Ich habe uns bereits zwei Karten gekauft.« Sie hielt Martina eine Eintrittskarte hin.

»Vielen Dank. Dann bin ich mal auf euren Paul Flora gespannt.«

Bei jedem Bild blieben sie stehen. Ihre Mutter erzählte ihr von dem Künstler, den sie vor Jahren bei einer Ausstellung in einer Galerie gesehen hatte. Martina nickte oder murmelte etwas Zustimmendes und ihre Mutter war wieder zufrieden.

Martina las die Schilder. *Ohne Titel. 3 Ballone. Um 1950.* Sie sah sich das gezeichnete Schwarz-Weiß-Bild an. Drei Heißluftballone im Himmel. Die Menschen in den Körben konnte sie nur schemenhaft erkennen. Wie gerne würde sie jetzt auch wegfliegen und alles hinter sich lassen. Warum hatte das Bild keinen Titel?

»Wo bleibst du denn?« Ihre Mutter blickte sie kopfschüttelnd an. »Gefällt dir das Bild? Wobei die anderen Bilder deutlich ausdrucksstärker sind.«

»Wenn du es sagst«, erwiderte Martina.

Ihre Mutter verdrehte die Augen und seufzte auf. »Mit deinem Vater und dir habe ich echte Kunstbanausen erwischt. Aber ein wenig Begeisterung kann man trotzdem zeigen.«

Martina blickte nochmals auf die drei Heißluftballone, die ihre Freiheit nutzten. Dann trabte sie ihrer Mutter wie ein kleines Mädchen hinterher.

»Kommst du?«

»Ich begleite dich sehr gern zu der Kunstausstellung, aber behandle mich nicht, als wenn ich noch ein Kind wäre. Ich werde in wenigen Monaten vierzig.«

Ihre Mutter riss die Augen auf. »Nicht in dem Ton und nicht vor den Leuten.«

Martinas Magen rebellierte. »Du kannst dir gern die Ausstellung fertig ansehen. Ich warte im Café auf dich.«

»Das kannst du nicht machen.« Sie hielt Martina am Arm fest. Als ihre Mutter den verwunderten Blick der

Museumsmitarbeiterin bemerkte, senkte sie ihre Hand und murmelte Martina zu. »Dann gehen wir gemeinsam ins Café.« Sie drehte sich um und lächelte der älteren Aufsichtsperson zu. »Ich wünsche Ihnen noch einen schönen Abend.«

»Wie kannst du am Abend nur einen großen Braunen trinken? Ich könnte da nicht schlafen.« Ihre Mutter gab den Teebeutel in ihre Tasse. »Etwas mehr Schlaf könnte dir nicht schaden, so blass wie du bist.«

Warum musste sie immer alles an ihr kritisieren? »Nicht jeder kann so ein entspanntes Leben führen wie du, Mama«, sagte Martina spitz.

Die Gesichtszüge ihrer Mutter verkrampften sich. Sie schien um ihre Beherrschung zu ringen.

Martina atmete tief durch. Sie gab zwei Würfelzucker in ihren Kaffee, rührte um und schleckte den Milchschaum vom Löffel. Eine Wohltat. Sie lehnte sich in dem Polstersessel gemütlich zurück.

Ihre Mutter richtete sich auf und spielte an ihrer Perlenkette. Sie sah Martina aufmerksam an. »Gibt es Neuigkeiten wegen deiner Partnerschaft in der Kanzlei?«

Musste sie heute Abend damit auch noch beginnen? »Nein, aber lass uns von etwas anderem reden.«

»Es interessiert mich einfach. Wie sieht es aus? Hat Herr Dr. Peters nochmals mit dir darüber gesprochen?«

Martina trippelte nervös mit dem Fuß auf dem Boden.

Sie spürte, wie sich die Anspannung vom Nacken bis zu den Schultern ausbreitete. »Nein, hat er nicht. Es interessiert mich aber im Moment auch nicht.«

»Wie kann dich das nicht interessieren? Du hast die ganze Zeit daraufhin gearbeitet.«

»Peters hat mir die Berufung entzogen und ich glaube nicht, dass er mir die Partnerschaft gibt.«

Der Gesichtsausdruck ihrer Mutter war wie versteinert.

»Was hast du getan?«

»Was ich getan habe?« In Martinas Ohr halte ihre eigene Stimme nach. »Kannst du einmal auf meiner Seite stehen? Ich habe mein Bestes in dem Fall gegeben, aber es hat nicht gereicht. Der Mandant wollte meine Absetzung.« Sie stockte und blickte ihrer Mutter in die Augen. »Bist du jetzt zufrieden?«

Anna stand auf und zog ihren Kaschmirmantel an. »Wir können weiterreden, wenn du dich beruhigt hast. Aber wenn du dich weiterhin so verhältst, dann wundert es mich nicht, dass Peters dich nicht als seine Partnerin möchte.«

»Mama!«

Ihre Mutter drehte sich um und schritt davon. Martinas Hände zitterten. Das hatte sie nicht getan! Sie kann sie doch nicht einfach so sitzen lassen. Martina gab dem Kellner ein Zeichen zum Zahlen. Sie wollte nur noch nach Hause.

11

Martina fühlte sich gerädert. Sie warf einen prüfenden Blick in den Spiegel im Aufzug. Ihre Haare waren zu einem strengen Pferdeschwanz gebunden, unter dem Mantel blitzte ihr schwarzes Kostüm hervor. Wenigstens sah man ihr die Müdigkeit nicht an. Dank dem, der Concealer und Make-up erfunden hatte. Sie gähnte. Was bildete sich ihre Mutter nur ein? Und dann meinte sie, Martina sollte wieder zur Vernunft kommen. Nein, sie schüttelte den Kopf. Sie hatte keine Lust mehr, sich ständig sagen zu lassen, was sie tun sollte, ob von Peters oder ihrer Mutter. Und jetzt fing Christian auch noch damit an. Der Aufzug piepste und blieb mit einem Ruck stehen.

Sie öffnete die Kanzleitür. Herr Meger kam auf sie zu. »Guten Morgen. Gut geschlafen?« Er deutete mit dem Kopf auf die Wanduhr, wartete ihre Antwort nicht ab, sondern wendete sich an Frau Gruber und reichte ihr die Aktenmappe. »Bereiten Sie alles so weit vor. Danke.«

Martina räusperte sich.

Meger wandte sich zu ihr herum.

»Guten Morgen, Herr Meger, guten Morgen, Frau Gruber.« Martina lächelte demonstrativ.

»Ja, ja«, erwiderte er und schlurfte in sein Büro.

»Guten Morgen«, begrüßte die Sekretärin sie. »Herr Schindler hat für Sie angerufen. Er wird sich um ein paar Minuten verspäten.«

»Aha.« Das war bei ihm nicht anders zu erwarten. »Danke, geben Sie mir Bescheid, wenn er da ist … Haben Sie vielleicht einen starken, wirklich starken Kaffee für mich?« Martina unterdrückte ein Gähnen.

»Kommt gleich. Ist es gestern länger geworden? War die Ausstellung von Paul Flora interessant?«

»Die Ausstellung kann ich Ihnen nur empfehlen. Der Abend war nicht lange, hatte aber Nebenwirkungen.«

Frau Gruber blickte sie fragend an.

»Keine Sorge. Nur das übliche Mutter-Tochter-Geplänkel. Ich bin jetzt im Büro.«

Frau Gruber nickte. »Ich bringe gleich den Kaffee.«

»Setzen Sie sich bitte, Herr Schindler.« Martina zeigte auf die beiden Sesseln vor ihrem Schreibtisch.

»Danke«, murmelte er und schlich an ihr vorbei.

»Möchten Sie etwas trinken?«

»Nein, danke.«

Martina setzte sich und strich ihren Rock glatt. »Haben Sie über unser letztes Gespräch nochmals nachgedacht?« Sie blickte in sein blasses Gesicht. »Werden Sie vor Gericht Ihre Schuld eingestehen?«

Er blickte sie aus geröteten Augen an. »Habe ich denn wirklich eine Wahl?«

Martina trippelte mit dem Fuß auf und ab. »Ja, die haben Sie. Und die hatten Sie auch bereits bei der Befragung durch die Polizei. Mir gegenüber haben Sie den Betrug zugegeben. Aber das bedeutet nichts für die Verhandlung.«

Er nickte ernsthaft. »Ich weiß.«

»Die Beweislage ist erdrückend. Ich bin die Akte mit den bisherigen Opfern nochmals durchgegangen. Wir sprechen hier über eine Schadenssumme von mittlerweile mehr als 700.000 Euro in den letzten vier Jahren.« Martina sah ihn offen an.

Schindler wich ihrem Blick aus und kaute auf seiner Unterlippe herum. Er wirkte nicht mehr wie der strahlende und selbstbewusste Vermögensberater, von dem seine Opfer bei der Einvernahme gesprochen haben.

»Was bedeutet das für mich?«, fragte er kaum hörbar.

»Einen Freispruch können wir ausschließen. Bei der Klage, die auf schweren gewerbsmäßigen Betrug lautet, müssen wir mit einer Freiheitsstrafe von mindestens sechs Monaten bis maximal fünf Jahren rechnen.«

Schindler vergrub sein Gesicht in den Händen.

»Wenn Sie sich schuldig bekennen und uneingeschränkt aussagen, dann wirkt sich dies meist mildernd beim Urteil aus.«

Er hob den Kopf. »Einverstanden. Ich werde sagen, was ich weiß.«

»Dann bereite ich in diesem Sinne alles vor. Sie werden vom Richter und gegebenenfalls auch vom Staatsanwalt im Detail befragt werden. Stellen Sie sich darauf ein.«

Er blickte sie unsicher an.

»Gibt es von Ihrer Seite noch eine Frage? Oder kann ich sonst noch etwas für Sie tun?«

»Nein.« Er schüttelte den Kopf und stand auf.

»Bevor Sie gehen. Erscheinen Sie nüchtern und pünktlich vor Gericht, Herr Schindler.«

Er nickte und verließ wortlos das Büro.

Martina folgte der Sekretärin ins Büro von ihrem Chef und setzte sich. Frau Gruber stellte das Tablett mit Gläsern und der Wasserkaraffe auf den Besprechungstisch in Peters Büro.

»Vielen Dank, Frau Gruber. Die nächste Stunde möchte ich nicht gestört werden. Wichtige Anrufe an Frau Bäumer, Herr Meger oder mich verschieben Sie auf den Nachmittag.«

»Ja, selbstverständlich, Herr Dr. Peters. Wie Sie wünschen.« Frau Gruber blickte beim Verlassen des Büros fragend zu Martina.

Peters wartete, bis die Tür geschlossen war. »Nun gut. Die Unterredung bleibt unter uns. Kann ich mich auf Sie verlassen?«

Martina und Meger nickten ungewohnt einvernehmlich.

Peters nahm die Brille ab und legte sie vor sich auf den Tisch. Er sah sie mit wachsamem Blick an. »Sie beide fragen sich jetzt wahrscheinlich, was ich von Ihnen möchte.«

»Ja«, stimmte Meger ihm zu.

Martina nickte nur. Sie strich sich eine losgelöste Haarsträhne aus dem Gesicht.

»Ich habe Ihnen beiden gesagt, dass ich überlege, Sie als gleichberechtigte Partner in die Kanzlei aufzunehmen. Sie sind beide mehr als zehn Jahre als erfolgreiche Anwälte für mich tätig.«

Meger richtete sich auf. »Die Möglichkeiten wissen wir auch sehr zu schätzen.«

Peters wiegelte mit der Hand ab. Er stand auf, schritt um den Besprechungstisch herum und trat an das Fenster. Peters wandte ihnen den Rücken zu. »Die Kanzlei ist mein Lebenswerk. Ich hätte sie schon einmal fast verloren und habe sie ganz allein wieder aufgebaut.«

Martina räusperte ich. »Herr Peters, was wollen Sie uns sagen?«

Er drehte sich zu ihnen um. »Ungeduldig, Frau Kollegin?«

Martina senkte den Blick.

»Ich möchte nur kurz die Gründe für meine Überlegungen schildern. Die Zeit geben Sie mir doch?«

Sie spürte seinen eindringlichen Blick. »Ja, natürlich. Entschuldigung.«

»Wie Sie wissen, bin ich nicht mehr der Jüngste und ich möchte, dass die Kanzlei auch nach meiner aktiven Zeit bestehen bleibt. Ich dachte, es wäre der richtige Zeitpunkt, Sie einzuweisen und in die Geschäftsführung einzubinden. Gerade weil ich die letzten Wochen auch gesundheitlich bedingt kürzertreten musste.«

»Ich hoffe, es ist nichts Ernstes«, unterbrach Meger ihn.

»Nein, und das ist hier auch nicht relevant.« Er kam auf sie zu und stützte sich auf der Tischplatte ab. »Sie beide sind gute, nein ausgezeichnete Anwälte. Aber als Partner müssen Sie Teamplayer sein und zusammenarbeiten. Ich muss mich auf Sie verlassen können.«

Martina sah Meger an. Er starrte an die Wand und mied ihren Blick.

»Solange Sie beide nicht zusammenarbeiten und vor anderen Anwälten mit Respekt miteinander umgehen, ist das unmöglich«, setzte Peters fort.

»Herr Peters, bitte. Sie kennen die Kollegin und mich. Das ist doch alles nicht so ernst gemeint«, erklärte Meger und spielte nervös mit seinem Siegelring.

»Es ist meine Kanzlei und ich entscheide. Überzeugen Sie mich nicht mit Ihren Worten, Meger, sondern mit Ihren Taten. Und Frau Bäumer, Sie überzeugen mich mit Ihren Fähigkeiten als Anwältin. So ein Fauxpas wie mit Holler können wir uns nicht nochmals leisten.«

»Herr Peters …«, wendete Martina ein.

»Nein, ich habe alles gesagt. Bitte lassen Sie mich beide allein.«

Meger stand auf und öffnete die Tür. Martina folgte ihm und blickte nochmals zu Peters. Er sah erschöpft aus.

Sie schloss die Tür.

»Das haben Sie ja wieder gut hinbekommen, Frau Bäumer.« Meger sah sie mit einem herablassenden Blick an. »Sie brauchen aber nicht zu glauben, dass ich mir das gefallen lasse. Sie machen mir meine Partnerschaft nicht kaputt!«

Was bildete sich der Kerl nur ein? »Ich wünsche Ihnen auch noch einen schönen Tag, Herr Meger.« Sie schritt erhobenen Hauptes an ihm vorbei.

»Frau Gruber, kommen Sie bitte augenblicklich zu mir ins Büro«, hörte sie Meger noch sagen.

Paul rollte sich gekonnt eine Portion Spaghetti auf die Gabel und schob sie genießerisch in den Mund. »Köstlich. Schmeckt es dir heute nicht?« Er blickte Martina fragend an.

»Doch, doch.« Aber sie musste zugeben, dass sie mehr in der Pasta herumstocherte, als dass sie es aß. Peters und Meger hatten ihr heute den Appetit verdorben. »Wie geht es eigentlich Barbara? Ist es wieder besser geworden?«

»Ja, es spielt sich gerade wieder ein. Aber kurz vor dem Todestag von Sophie und danach war es besonders hart.«

Martina nickte, denn sie wusste nicht, was sie darauf antworten sollte. Der Tod des Mädchens machte sie immer noch hilflos.

»Und das Schlimmste ist, dass sie sich nicht helfen lässt.

Barbara ist dann so abweisend.« Er fuhr sich durch die Haare. »Aber auch ich habe meine Tochter verloren.«

»Wenn du jemanden zum Reden brauchst, du weißt, ich bin da.«

Paul nickte. Er schien in seine Gedanken versunken.

Sie wollte ihn nicht stören, aber die Stille beunruhigte sie. Martina räusperte sich.

Paul schüttelte den Kopf. »Wie geht es Christian? Ich habe ihn seit deinem Geburtstag nicht mehr gesehen.«

»Gut, in letzter Zeit war einfach viel los. Aber jetzt, wo die Partnerschaft erst einmal auf Eis liegt, wird es hoffentlich besser.«

»Und das aus deinem Mund. Wo es doch sonst nur höher und weiter gibt.« Er lachte.

Martina zwang sich ein Lächeln ab, es gelang ihr nur halb.

Paul bemerkte das nicht oder überging es. »Kannst du dich noch an den Professor Altmaier erinnern? Der mit den dunkelblauen Jacketts.«

Martina überlegte. »Ja, klar. Der war doch bei der Ombudsstelle. Was ist mit ihm?«

»Ist er noch immer. Aber in zwei Monaten geht er in Pension. Ich kann mich noch gut erinnern, wie du Feuer und Flamme für ihn warst.«

Martina schmunzelte. »Ist das lange her.«

»Das stimmt schon. Aber damals wolltest du so werden wie er. Die Welt gerechter machen.« Paul sah sie über die Teller hinweg an.

Martina dachte an ihre Zeit an der Uni, an die Vorlesungen und endlosen Diskussionen. Sie trank einen großen Schluck von ihrem Mineralwasser. »Ja, das waren noch Träume. Jetzt leben wir in der Wirklichkeit.«

Paul runzelte die Stirn und fuhr mit leiserer, aber eindringlicherer Stimme fort: »Nein, keine Träumereien, sondern eine bewusste Entscheidung von dir. Du hast dich davon abgewendet und vertrittst jetzt die, die es sich leisten können und nicht jene, die es wirklich verdient haben.«

Martina blieb der Bissen Nudeln beinahe im Hals stecken. Was nahm er sich nur heraus? »Nicht jeder kann es sich leisten, ein Gutmensch zu sein.« Martina schlug sich die Hand vor dem Mund.

Paul zuckte zusammen. Er senkte seinen Blick. »So denkst du also über mich.«

»Es tut mir so leid. Bitte entschuldige. Momentan mache ich alles falsch.« Sie vergrub ihr Gesicht in den Händen.

»Ist etwas nicht in Ordnung?« Marco war hinter der Theke hervorgetreten und sah sie besorgt an.

»Nein, nein, alles bestens. Bitte bring uns die Rechnung«, antwortete Paul.

»Mache ich, Signore.« Marco verließ den Tisch und drehte sich nochmals mit einem fragenden Blick zu ihnen um, bevor er zur Theke ging.

»Es tut mir aufrichtig leid, Paul.«

Er schüttelte den Kopf und blickte sie traurig an. »Wenn du

Probleme hast, dann rede mit mir. Aber beiße nicht jene weg, die es gut mit dir meinen.«

»Hier, Signore.« Marco legte ihnen die Rechnung auf den Tisch und schob sie zu Paul.

12

Ingeborg reichte Martina über den Esstisch einen Teller mit Marmorgugelhupf.

»Vielen Dank. Der sieht köstlich aus.«

Georg, der neben ihr saß, lachte. »Das kannst du wohl laut sagen. Ihr habt Glück, dass nach Elias Besuch noch etwas für euch da ist.«

Ingeborg strahlte über das ganze Gesicht. »Es ist doch schön, wenn es einem Kind schmeckt und es nicht nur im Essen herumstochert.«

»Sie ist ganz vernarrt in den Bengel.« Er stupste Martina freundschaftlich an. »Da könnt ihr euch schon auf etwas gefasst machen, wenn es bei euch so weit ist.«

Martina verschluckte sich an einem Gugelhupfstück und trank einen großen Schluck Kaffee nach, um den Reiz im Hals loszuwerden.

»Und ich bin auch froh, wenn sich hier in dem Haus endlich wieder was rührt. Jetzt, wo ich nicht mehr in der Praxis bin.«

»Wie ist es für dich jetzt als Pensionist so?«, erkundigte Martina sich eilig bei Georg.

»Nicht ablenken vom eigentlich Wichtigen«, grätschte Ingeborg dazwischen. »Wann darf ich endlich mein zweites Enkelkind verwöhnen?«

Martina sah hilfesuchend zu Christian, der schweigsam neben ihr saß. Sein Blick richtete sich starr zur Tischplatte.

»Sagt doch etwas. Die Jüngsten seid ihr beiden auch nicht mehr«, hakte ihre Schwiegermutter nach.

Martina konnte die Spannung in der Luft körperlich spüren.

Christian richtete sich neben ihr auf. »Mutter, warum fragst du nicht Sebastian wegen eines zweiten Enkelkindes?«

Georg stieß einen tiefen Seufzer aus. »Geht das schon wieder los.«

»Was?« Christian sah seinen Vater herausfordernd an.

Georg winkte ab. »Martina, lass uns in den Garten gehen. Dann können die beiden weiterstreiten.«

»Georg!« Ingeborg schaute ihn mit hochrotem Kopf an.

»Gerne.« Martina stand auf und hörte beim Hinausgehen noch den Satz von Ingeborg. »Du weißt nicht, was du als Vater verpasst.« Es gab ihr einen Stich ins Herz. Was sie Christian vorenthielt? Sie drückte die Tür hinter sich zu.

Ihr Schwiegervater hielt ihr den Mantel entgegen und half ihr hinein. »Du siehst blass aus. Geht es dir nicht gut oder hat dich die Stimmung da drin mitgenommen?« Er deutete mit dem Kopf Richtung Wohnzimmer.

»War in letzter Zeit etwas viel und die Spannungen gerade haben ihr Übriges getan.«

Georg blickte sie besorgt an. »Pass auf dich auf. Ich dachte auch lange, dass es nur die Praxis für mich gibt. Doch du hast mich ja zuerst gefragt, wie es mir jetzt geht.«

»Ja?«

Er sah sie schelmisch an. »Komm mit.«

Sie folgte ihm durch den Garten zu dem kleinen Pavillon, hinter dem ein Gartenhäuschen aus Holz stand. »Seit wann habt ihr das?«

»Seit ein paar Wochen. Hier kann ich alles liegen lassen und schalten und vor allem walten, wie ich möchte.«

Martina schmunzelte. Sie dachte daran, wie Ingeborg generalstabsmäßig alles im Haus in Ordnung hielt.

»Ich kann deine Gedanken lesen.« Er lachte. »Das ist mein Reich. Da hat auch Ingeborg nichts zu sagen.« Er sperrte die Tür auf. »Komm rein.«

Eine große Leinwand stand mitten im Raum. Sie zeigte einen See vor einer Bergkulisse und ein paar Nadelbäumen. Auf dem Holztisch daneben standen Gläser mit Pinseln und Farbtuben. »Ist noch nicht fertig.« Georg wirkte auf einmal unsicher. Er stand an der Leinwand und verschob ein paar Utensilien.

»Das sieht toll aus. Ich wusste gar nicht, dass du malst.«

»Meinst du das ernst?« Er blickte sie hoffnungsvoll an. »Ich habe als Student früher gemalt.«

»Ja, das ist mein voller Ernst. Ich wusste ja nicht, dass ich einen Künstler als Schwiegervater habe.«

»Ein Arzt als Künstler? Das hätte nicht gepasst. Habe lange alles im Keller gelagert.«

Martina stutzte. »Wahrscheinlich hast du recht. Aber ich finde es gut, dass du es jetzt machst. Man kann es sowieso nie allen recht machen.«

»Beherzige du das auch für dich. Lass dich nicht von anderen lenken. Nur du und Christian entscheidet, ob ihr eine Familie wollt oder nicht. Ich bin für euch da.« Er umarmte Martina.

Martina stellte ihr Rotweinglas auf den Tisch und kuschelte sich in die Wolldecke auf der Couch ein. Ihren Kopf legte sie auf Christians Oberschenkel. Er fuhr ihr sanft durch die Haare und streichelte ihr den Nacken. Sie rekelte sich genüsslich und schloss ihre Augen.

»Was sagst du dazu?«, fragte Christian sie.

Martina blinzelte. »Was hast du gesagt? Ich bin eingenickt.«

»Schlafmütze.« Christian lachte. »Ich meinte, ich kann Sebastian schon verstehen.«

Sie öffnete nun ganz die Augen. »Du kannst Sebastian verstehen? Wie meinst du das?«

»Er macht einen glücklichen und entspannten Eindruck. Auch wenn meine Mutter jammert, wie viel Arbeit er in der Praxis hat.« Christian zögerte und rutschte auf der Couch hin und her.

Martina setzte sich auf und blickte ihn an. »Was meinst du?«

Christian nahm ihre Hände und zog sie leicht zu sich.

»Sebastian hat Elias, der ihn mit seinen kindlichen Augen ansieht und Franziska. Er weiß, wofür er das alles macht, und es wartet jemand auf ihn, wenn er nach Hause kommt.«

Martina senkte den Kopf, um Christian nicht in die Augen blicken zu müssen.

»Sebastian macht es für seine Familie«, fuhr er fort.

»Ich weiß, Christian.«

Sanft hob er mit seiner Hand ihr Kinn, sodass sie in seine Augen sah.

»Ich will das auch. Martina, ich will mit dir eine richtige Familie.« Er schaute sie mit glänzenden Augen an.

Sie nickte. Ihr Magen verkrampfte sich. »Ich würde das auch gern haben.«

Er ließ sie los. »Da ist ein Aber, das sehe ich dir an. Was spricht denn dagegen? Sage bitte nicht die Partnerschaft.«

Sie zuckte bei der Kälte in seiner Stimme zusammen.

»Ist es das?« Christian stand von der Couch auf und lief im Wohnzimmer auf und ab.

»Nein, das ist es nicht. Ich will mit dir zusammen sein und ja, ich will ein gemeinsames Leben.« Sie ging auf Christian zu und umarmte ihn von hinten. »Ich will es doch auch, aber gib mir bitte noch ein wenig Zeit.«

Er drehte sich zu ihr um. Christian wirkte erschöpft. »Aber nicht mehr lange.« Er lehnte seinen Kopf an ihr Haar.

»Lass uns, lass mich nicht mehr zu lange warten. Stell die Partnerschaft nicht über uns«, flüsterte er.

13

Martina ließ die Tür ins Schloss fallen und hängte beschwingt ihren Mantel an der Garderobe im Vorraum auf. »Bin wieder zurück.«

Frau Gruber stand vor dem Aktenschrank und blickte kurz auf. »Ist gut. Brauchen Sie etwas oder wollen Sie einen Kaffee?«

»Nein, aktuell nicht. Danke.« Martina überlegte einen Moment und blieb unschlüssig im Sekretariat stehen. »Aber bevor ich es vergesse, wann findet diese Woche die Strategiesitzung statt? Ich habe noch keinen Vermerk dazu im Kalender.«

Frau Gruber räusperte sich und legte die Akte zur Seite. Sie trat zu Martina an den Tresen. »Die Strategiesitzung hat heute Vormittag bereits stattgefunden.«

Martina fuhr sich durch die Haare. »Das verstehe ich jetzt nicht ganz. Mein Gerichtstermin war doch eingetragen und somit bekannt.«

Die Sekretärin wich ihren Blick aus. »Ja, das war er.«

Martina umfasste den Ledergriff der Aktentasche krampfhaft.

»Warum haben Sie mir den Termin dann nicht mitgeteilt?«

Die Sekretärin ging zu ihrem Schreibtisch und setzte sich.

»Frau Gruber?«

»Weil Sie nicht auf der Teilnehmerliste standen.«

Das musste doch ein Irrtum sein. Ihr wurde flau im Magen. Ihre Knie wurden weich, sie stützte sich auf dem Tresen ab. »Das war doch sicher nur ein Versehen.« Martina versuchte, ihre Stimme sicher klingen zu lassen.

Frau Gruber senkte den Kopf.

»Kein Versehen also.«

»Frau Bäumer, nein. Ich habe bei Herrn Dr. Peters nachgefragt, ob es seine Richtigkeit hat.«

Warum hatte er das getan? »In Ordnung.« Martina legte die Aktentasche auf den Tresen und öffnete den Verschluss hastig. Sie nahm einen Stapel von Unterlagen heraus.

»Hier die Akte vom heutigen Fall Meininger. Der Freispruch der Mandantin ist rechtskräftig. Kümmern Sie sich wie gewohnt um den Abschluss und bereiten Sie die Abrechnung vor.«

»Ja. Selbstverständlich.«

»Ich will heute nicht mehr gestört werden, Frau Gruber. Von niemandem.«

»Geht in Ordnung.«

Martina setzte sich an ihren Schreibtisch und schenkte sich ein Glas Wasser aus der Karaffe ein. Sie lehnte sich in die Polster, trank einen großen Schluck und legte den Kopf zurück. Dieser verdammte Mistkerl! Warum hatte Peters sie nicht eingeladen? Hatte er sich für Meger entschieden? Würde er der Nachfolger? Zutrauen würde sie es den beiden. Sie führten häufiger Gespräche zu zweit, die sie unterbrachen, wenn Martina ins Zimmer kam. Aber Peters hatte ihnen doch beiden die Partnerschaft versagt!

Martina stützte ihren Kopf mit der Hand ab. Aber weshalb hatte Frau Gruber ihr nicht gesagt, dass sie nicht eingeladen worden war? Hatte sie sich in ihr getäuscht? In Martinas Kopf schwirrte es. Sie musste auf andere Gedanken kommen und für heute hier raus. Das Büro engte sie ein. Sie musste wieder durchatmen können. Martina wählte die Nummer von Christian.

»Winkler.«

»Hallo, Christian, hast du einen Moment für mich?«

»Hallo, Martina, ja. Ist alles in Ordnung?«

Martina unterdrückte ein Seufzen. »Ja, ich wollte dich nur fragen, ob wir heute gemeinsam Essen gehen und uns einen schönen Abend zu zweit machen.«

Christian zögerte. »Martina.«

»Ja?«

»Das tut mir leid. Ich dachte, du arbeitest heute wieder länger und musst wie so oft in den letzten Wochen noch über den Akten sitzen. Ich habe schon etwas vor.«

»Oh. Ja dann.«

»Sei nicht sauer. Ich mag meine Abende auch nicht immer

allein verbringen. Robert und Andreas kommen vorbei und wir schauen uns das Champions League-Spiel an. Wir holen das morgen nach, versprochen.«

Martina räusperte sich. »Nein, alles gut. Hast ja recht. Dann wünsche ich euch einen schönen Männerabend.«

»Dir auch einen schönen Abend. Bis morgen.«

Martina stand in der Schlange der Kasse im Supermarkt. Sie trippelte mit dem Fuß auf und ab und sah dem Kassierer zu, wie er ein Produkt nach dem anderen über den Scanner zog. Wie er das wohl den ganzen Tag aushielt, immer das Gleiche zu tun? Langsam ging es weiter und sie machte zwei Schritte vorwärts. Sie blickte nochmals den jungen Mann an der Kasse an. Er wirkte nicht unglücklich.

Die Frau mit dem Einkaufswagen vor ihr räusperte sich und blickte Martina an.

»Entschuldigung, ich war im Gedanken«, sagte Martina.

»Ja, ja die jungen Leute heutzutage. Immer im Stress. Sie haben ja nicht viel, möchten Sie vorgehen?«

»Gerne. Vielen Dank.« Sie lächelte die ältere Dame an und zwängte sich zwischen dem Einkaufswagen und dem Kassenregal mit Süßigkeiten durch. Martina legte ihre Tiefkühlpizza und die Dose Obstcocktail gerade noch rechtzeitig auf das Band.

»Guten Abend«, begrüßte der Kassierer sie und sah sie freundlich an. Er zog die beiden Produkte über den Scanner und schob sie Martina zu. »Das macht fünf Euro achtundvierzig. Bar oder mit Karte?«

»Bar.« Sie reichte ihm das Geld.

Er gab ihr das Rückgeld. »Einen schönen Abend noch.«

»Ihnen auch«, murmelte sie. Beim Hinausgehen warf sie dem Kassierer noch einen Blick durch die Glasscheibe zu. Er wirkte wirklich zufrieden. Und er hatte vielleicht heute auch einen schönen Abend. Und sie? Sie hatte ihre Pizza und die Akten.

Nachdem sie die Wohnungstür hinter sich zuzog und absperrte, lehnte sie sich dagegen. Sie schloss für einen Moment die Augen. Für heute war es zumindest geschafft. Keiner wollte mehr etwas von ihr. Sie atmete tief durch und merkte, wie sehr die Luft in der Wohnung abgestanden war.

Sie legte ihren Einkauf und die Post auf die Kücheninsel und öffnete die Terrassentür, sodass frische Luft hereinkam. Martina drehte das Backrohr auf und stellte den Timer auf zehn Minuten. Sie packte die Akten vom Fall Schindler auf den Esstisch und suchte sich die bisherige Einvernahme ihres Mandanten heraus. Wo konnte sie anknüpfen, um ein Urteil wegen des Vergehens des schweren Betruges abzumildern? Der Timer piepte. Martina ließ den Kugelschreiber sinken. Sie schob die Pizza in das Backrohr. Ein Ansatz wäre, die weiteren Vorwürfe abzuschwächen als Vergehen der Urkundenfälschung. Sie notierte sich diesen Gedanken.

Martina hielt inne und blickte auf die Uhr. Mist, sie hatte die Zeit übersehen. Sie stand auf und holte die Pizza aus dem Ofen. Der Käse war verbrannt, der Rand war sehr dunkel. Sie seufzte auf. Das passte zu dem ganzen Tag. Man wollte sie nicht bei der Sitzung dabei haben, Christian hatte keine Zeit und sah sich mit seinen Freunden das Fußballspiel an. Und jetzt noch die verbrannte Pizza. Sie schnitt den verbrannten Rand ab und teilte den Rest in mehrere Stücke auf. Mit ihrer Pizza ließ sie sich wieder auf den Sessel plumpsen. Martina sah nochmals auf ihre Notizen, schüttelte den Kopf. Sie klappte die Akte zu und schob sie zur Seite.

14

Martina schrieb gerade eine Mail an die Staatsanwaltschaft, als es an der Tür klopfte. »Ja, bitte.«

»Guten Morgen.« Frau Gruber blieb auf der Schwelle stehen.

»Guten Morgen«, antwortete Martina.

»Möchten Sie auch einen Kaffee?«

»Nein, danke.« Sie zeigte auf die Tasse vor ihr auf dem Schreibtisch. »Ich habe mich heute Morgen schon selbst bedient.«

Ihre Sekretärin zuckte leicht zusammen und blieb unschlüssig stehen. Sie räusperte sich. »Natürlich. Ich wollte Sie auch nicht stören.«

Martina fuhr sich durch die Haare. »Frau Gruber. Schließen Sie bitte die Tür und setzen Sie sich einen Moment zu mir.«

In den Augen der Sekretärin bemerkte sie einen sorgenvollen Ausdruck. Dann strich Frau Gruber ihren karierten Bleistiftrock glatt und kam näher. »Ja, natürlich.« Sie nahm vor Martina Platz und der Blick heftete sich an den Aktenberg vor ihr am Schreibtisch.

»Warum haben Sie mir nichts von der Strategiesitzung erzählt?« Martina bemühte sich um einen ruhigen Ton. Der Blick von Frau Gruber verharrte auf den Akten. »Bitte sehen Sie mich an.«

Ihre Sekretärin nestelte an der Stuhllehne herum. »Es tut mir so leid«, flüsterte sie. »Ich wusste nicht, was ich tun soll.« Sie hob den Kopf.

Martina sah in verzweifelte Augen. Sie stand auf, umrundete den Schreibtisch und setzte sich neben Frau Gruber.

»Ich wollte es Ihnen nicht verheimlichen, Frau Bäumer.« Sie brach ab.

»Aber?«, hakte Martina nach.

»Dr. Peters bestand darauf.«

Martina holte tief Luft und krallte ihre Finger um die Armlehnen. Was bildete er sich nur ein? Sie auszuschließen und Frau Gruber unter Druck zu setzen!

»Hat er Ihnen gegenüber begründet, weshalb er mich nicht eingeladen hat oder Sie nichts sagen dürfen?«

»Dr. Peters meinte«, die Sekretärin schluchzte auf, »es habe alles seine Richtigkeit.«

Martina legte ihre Hand sanft auf den Unterarm von Frau Gruber. »Alles gut. Danke, dass Sie sich mir anvertraut haben. Ich hatte schon Angst …« Martina stoppte abrupt.

Frau Gruber sah sie mit Tränen in den Augen an. »Wovor hatten Sie Angst?«

»Dass sich zwischen uns etwas verändert hat«, gab Martina schweren Herzens zu.

Jetzt liefen Frau Gruber die Tränen den Wangen hinab und verwischten dabei ihre Wimperntusche. »Ich bin immer auf Ihrer Seite, Frau Bäumer. Aber Dr. Peters ist auch mein Chef.«

Martina schluckte. »Tut mir leid, ich wollte Sie nicht beleidigen. Ich weiß auch nicht, was gerade los ist. Momentan verändert sich alles so schnell. Ich bin froh, dass ich Sie habe.«

Frau Gruber schniefte auf. »Ich bin auch froh. Deshalb habe ich mir auch solche Sorgen gemacht.«

Martina hätte sie am liebsten umarmt. Aber das ginge wohl doch zu weit. »Frau Gruber, wir machen es so: Sie sehen nach, wann Peters heute keinen Termin hat, und reservieren ein Gespräch für mich. Ich werde die Sache direkt mit ihm klären und dann sehen wir weiter.«

Ihre Sekretärin nickte.

»Und ich sehe nach, ob draußen freie Bahn ist, sodass Sie sich frisch machen können. Ihr Make-up ist leicht verwischt.«

»Sie wollten mit mir sprechen?« Ihr Chef stand in der Tür.

»Ja, Herr Peters. Frau Gruber meinte, Sie hätten ab 14:00 keine Termine mehr.«

»Ich habe heute noch wichtige Vorbereitungen. Wenn es bei Ihnen möglich ist, dann sollten wir die Angelegenheit gleich besprechen.«

Martina stand hinter dem Schreibtisch auf. »Ja, natürlich. Die Akte kann ich auch später abschließen.« Sie zeigte auf die Stühle vor ihrem Schreibtisch. »Bitte.«

Er nahm Platz und lehnte sich entspannt zurück. »Worum geht es? Um einen aktuellen Fall?«

Martina setzte sich aufrecht hin und fuhr mit dem Fuß am Tischbein entlang. Sie merkte, wie sie mit dem anderen Fuß trippelte und schlug die Beine übereinander. »Nein, es geht nicht um einen Fall. Sondern um die gestrige Strategiesitzung.«

Peters sah sie über die Brille erstaunt an. War er wirklich überrascht, dass sie davon wusste?

»Ja, was ist damit?« Er blickte sie eindringlich an.

Sie musste sich beherrschen. »Warum wurde der Termin nicht mit mir abgestimmt? Normalerweise werden die Termine von Meger und mir berücksichtigt.«

Peters nahm die Brille ab und strich sich über die Nasenwurzel. »Es gab diese Woche keine Punkte, die mit Ihnen abzustimmen waren.«

Martina spürte, wie ihr Magen zum Rebellieren begann. »Das kann sein. Aber …«

Peters hob abwehrend die Hand. »Nichts aber. Ich hatte meine Gründe.«

»Darf ich fragen, welche Gründe das sind?«

Er sah sie mit einem mitleidigen Blick an und seufzte. »Frau Bäumer, das dürfen Sie. Ich möchte nicht lange um den heißen Brei herum reden. Sie haben jahrelang mehr als jeder andere hier in der Kanzlei gearbeitet. Aber in der letzten Zeit haben Sie sich übernommen.«

Martinas Mund war ausgetrocknet. Sie trank hastig einen

Schluck Mineralwasser. »Bei mir ist alles in Ordnung. Hat es noch immer etwas mit dem Fall Holler zu tun?«

»Unter anderem auch. Sie sind früher nie vor Gericht in die Defensive geraten! Und dann die Scharmützel, die Sie sich mit Meger leisten.«

Martina unterbrach ihn. »Was wollen Sie mir damit sagen? Vor wenigen Wochen haben Sie mir noch die Partnerschaft in Aussicht gestellt.« Die Magenschmerzen wurden stärker. Sie ließ sich nichts anmerken.

»Ja, das war im Nachgang ein Fehler.«

Ein Fehler. Das konnte nicht sein Ernst sein. Sie, die immer alles für seine Kanzlei gemacht hatte. Die, die Wochenenden und Abende durchgearbeitet hatte.

»Ich bin nicht Ihr Gegner, Frau Bäumer. Auch wenn Sie mich gerade so ansehen.« Er setzte seine Brille wieder auf. »Ich gebe Ihnen einen gut gemeinten Ratschlag: Nehmen Sie sich eine Pause und kommen Sie zur Ruhe. Sie haben noch ausreichend Urlaub oder Sie könnten auch unbezahlten Urlaub in Anspruch nehmen.«

»Nein, das kommt auf keinen Fall infrage. Ich habe meine Mandanten und fühle mich absolut in der Lage, meine Arbeit zu machen.«

Peters stand auf und blickte sie an, als wäre sie ein störrisches Kind. »Sie müssen wissen, was für Sie gut ist. Ich kann Ihnen aktuell aber keine neuen Fälle geben. Treten Sie einen Schritt zurück. Das wäre gut für Sie und die Kanzlei.«

Martina stand auf und ging auf ihn zu. »Herr Peters. Das können Sie nicht tun.«

Er schüttelte den Kopf. »Wir haben alles besprochen. Es ist Ihre Entscheidung. Sollten Sie es sich doch noch anders überlegen, dann geben Sie Frau Gruber Bescheid.« Peters schloss hinter sich die Tür.

Marco stellte zwei Gläser mit Mineralwasser vor ihnen auf den Tisch.

»Danke«, sagte Paul und widmete sich wieder Martina. »Ich soll dich von Frau Xander nett grüßen lassen. Sie konnte sich gleich wieder an dich erinnern.«

»Danke.« Sie dachte an ihre frühere Psychologin mit der knarzigen Raucherstimme. »Hattet ihr schon einen Termin in der Praxis?«

»Nein, ich habe einmal mit Frau Xander gesprochen, da Barbara sich zuerst geweigert hat. Aber …« Er blickte auf seine Hände.

»Ja, aber?«, hakte Martina nach.

»Ich habe Barbara gesagt, dass ich so nicht mehr weitermachen kann. Wir brauchen Hilfe von außen, wenn wir noch eine Chance haben wollen.« Paul wirkte unsicher.

»Ich finde gut, dass du es ihr gesagt hast.« Martina wünschte sich, sie hätte auch so viel Mut. »Wie hat Barbara darauf reagiert?«

»Ich hatte das Gefühl, dass sie mich das erste Mal seit

Langem wieder richtig wahrgenommen hat. Nach einem kurzen Zögern hat sie zumindest einem ersten Gespräch mit der Psychologin und mir zugestimmt.«

Pauls Handy piepste. »Entschuldige, das ist Günther von der Arbeit. Ich schreibe ihm kurz wegen des Termins heute Nachmittag zurück.«

»Kein Problem. Mach nur.« Martina blickte zum Tresen, wo Marco seiner Frau wild gestikulierend gegenüberstand und mit ihr diskutierte. Sie seufzte. Warum konnte nicht einfach alles friedlich und harmonisch sein?

»Entschuldige.« Paul riss sie aus den Gedanken. »Wir haben momentan einiges zu tun, nachdem der Gesetzesentwurf durch den Ministerrat gegangen ist.« Er schüttelte den Kopf. »Wir können die Änderungen bei der neuen Arbeitszeitregelung nicht mehr verhindern, aber wir versuchen, sie noch zu entschärfen.« Sein Gesicht war errötet. »Es ist der Wahnsinn, dass sie meinen, damit durchzukommen.«

Martina bewunderte Paul dafür, mit welchem Elan er für seine Überzeugungen kämpfte. »Seht ihr noch eine Möglichkeit, etwas zu ändern?«

»Ehrlich, ich weiß es nicht. Wir sind nicht mehr wie früher in den gesamten Abstimmungsprozessen dabei, sondern erfahren auch immer mehr über die Medien oder es werden uns einfach die fertigen Entwürfe hingeklatscht, ohne vorher mit uns zu reden. Es hat sich viel verändert. Deshalb ist es noch wichtiger, dass wir für die Arbeitnehmer kämpfen.«

Martina nickte. »Du tust das Richtige. Es ist schön zu sehen, dass du dich nicht verbiegen lässt.«

»Was ist los?« Er blickte sie erstaunt an. »Ich kenne kaum eine Person, die so klar ihren Weg geht, wie du es tust.«

»Das dachte ich auch.« Sie fuhr sich durch die Haare. »Ich reiße mir jeden Tag den Allerwertesten auf und werde immer mehr ins Abseits gedrängt.«

Paul sah überrascht hoch. »Was meinst du damit?«

»Peters spaziert in mein Büro und meinte, es wäre für mich und auch für die Kanzlei besser, wenn ich mir eine Auszeit nehme. Meine Mutter sagt, ich solle wieder zur Vernunft kommen und Christian ...« Sie biss sich auf die Lippen und dachte daran, was Christian über Paul und die Stelle gesagt hatte. »Alles geht irgendwie bergab.«

»Jetzt weiß ich zwar, was die anderen wollen. Was willst du, Martina?« Paul sah sie direkt an.

Sie hielt seinem Blick stand. Ihre Hände zitterten. »Ich weiß es nicht ... Nur so will ich nicht mehr weitermachen. Ich kann bald nicht mehr.«

»Wenn ich dir helfen kann ...«

»Danke, Paul. Ich muss mir selbst klar werden, was ich möchte. Es ist momentan wirklich zu viel. Vielleicht sollte ich tatsächlich Urlaub nehmen und mal für mich sein.«

Das Handy von Paul piepste erneut.

»Geh nur ran.« War Urlaub wirklich eine gute Idee oder nur eine Flucht vor ihren Problemen?

15

Martina blickte auf ihre Armbanduhr. Es war schon spät geworden. Aber das Gespräch mit Paul hatte ihr gutgetan. Der Aufzug blieb mit einem Ruck im dritten Stock stehen. Die Aufzugstür sprang auf. Martina erblickte Meger, der einen Satz nach hinten machte. Der hatte ihre gerade noch gefehlt.

»Frau Kollegin. Wieder mit Elan unterwegs. Sie möchten mich doch nicht gleich umhauen.« Sein Lächeln erreichte seine Augen nicht.

»Nein, natürlich nicht.«

Meger hielt ihr die Aufzugstür auf und verbeugte sich vor ihr. »Bitte nach Ihnen. Ich wünsche Ihnen noch einen schönen Tag.«

»Ihnen auch«, murmelte Martina. Die Aufzugstür schloss hinter Meger. Die aufgesetzte Freundlichkeit von ihm verunsicherte sie. Was war mit ihm los? Nein, das konnte doch nicht sein! Wusste er von ihrem Gespräch mit Peters? Wahrscheinlich kostete er ihre Niederlage bereits aus.

Martina sperrte die Bürotür auf. Die Stimmen von Peters und Frau Gruber drangen gedämpft zu ihr in den Gang.

Ausgerechnet den Chef wollte sie jetzt nicht auch noch sehen. Sie schlich in ihr Büro.

Es war ihr bewusst, dass das keine Dauerlösung war. Sie musste bald mit Peters sprechen. Ihren Mantel legte sie über die Lehne eines der Sessel vor ihrem Schreibtisch und sank in ihren Bürostuhl. Martina sah auf ihren Kalender. Bis auf das Gespräch mit Gerhard wegen seines neuen Falls stand heute nichts mehr am Programm. Er müsste jeden Moment kommen. Sie beschloss, die Zeit zu nutzen und die Unterschriftenmappe von Frau Gruber auf ihrem Tisch durchzugehen. Dann konnte sie das Büro heute früher verlassen. Sie korrigierte Schriftstücke, notierte Ergänzungen in den Unterlagen. Martina blickte auf die Uhr. Gerhard hätte schon seit über einer halben Stunde bei ihr vorbeischauen sollen. Das war doch sonst nicht seine Art. Sie rief ihn kurz an.

»Gruber.«

»Oh, Bäumer. Eigentlich wollte ich kurz mit Herrn Braun sprechen.«

»Das tut mir leid. Herr Braun ist heute nicht mehr da.«

Hatte er unseren Termin vergessen? Das konnte doch gar nicht sein. Er war doch sonst immer so genau. »Wir hatten einen Termin. Hat er zu Ihnen etwas gesagt, Frau Gruber?«

»Nein, tut mir leid.«

»Danke. Ich mache die Unterschriftenmappe für Sie gleich noch fertig. Sie können sie sich in einer halben Stunde abholen.«

Ihr Handy läutete.

»Tut mir leid, ich muss kurz ran.« Sie legte auf und nahm das Gespräch am Handy an. »Hallo, Christian.«

»Hallo, Martina.« Er klang gehetzt.

»Alles gut bei dir?«

»Ja, ich bin noch schnell in der Stadt. Andreas hat mich heute auf seinen Geburtstag eingeladen. Du weißt ja, dass er sich vor Kurzem getrennt hat.«

»Ja?« Sollten sie jetzt zu dem Geburtstag gehen, statt wie ausgemacht gemeinsam Essen zu gehen und den Abend gemütlich zu Hause zu verbringen?

»Ja. Es ist so. Wir, Robert und ich haben uns überlegt, dass wir ihn überraschen.«

»Und deshalb willst du unser Essen heute absagen …«, unterbrach Martina ihn.

»Nein.« Christian stutzte. »Wollen tue ich das nicht. Aber du kannst das sicher verstehen. Wir holen das einfach morgen nach.«

»Hmm.« Die nächste Absage. Langsam wurde das zur Gewohnheit. »Wie du möchtest.«

Christian seufzte genervt auf. »Martina, einmal. Das ist ja kein Weltuntergang. Und du hast ja sicherlich genügend zum Arbeiten.«

Martina lachte auf. »Kein Weltuntergang. Hätte mich nur gefreut. Komisch nur. Peters will mich in den Urlaub schicken und du, dass ich mehr arbeite. Das hat sich vor Kurzem mal ganz anders angehört.«

»Nächstes Mal wieder. Und das mit Peters erzählst du mir in Ruhe. Einverstanden?«

Martina bemühte sich um einen gelassenen Tonfall. »Kein Problem. Ich wünsche euch einen schönen Abend.«

»Bis dann.«

Sie konnte sich nicht mehr verabschieden, da er bereits aufgelegt hatte.

Martina unterschrieb den letzten Brief und klappte die Mappe zu. Sie fühlte sich schlapp. Etwas frische Luft konnte nicht schaden. Sie öffnete die Fenster und brachte Frau Gruber die Unterlagen.

»Hier für Sie.«

Frau Gruber sah sie erstaunt an. »Danke. Das wäre doch nicht nötig gewesen. Ich hätte sie mir gleich abgeholt.«

»Ich brauchte sowieso gerade ein wenig Bewegung.« Sie streckte ihre Arme durch und massierte mit einer Hand den verspannten Nacken.

»Auch verspannt?«

Martina nickte. »War heute ein schwieriger Tag. Sie haben es ja wahrscheinlich mitbekommen.«

Ihre Sekretärin räusperte sich. »Nicht direkt. Haben Sie einen Augenblick für mich? In Ihrem Büro.«

»Ja, kommen Sie.«

Martina schloss die Tür hinter ihnen. »Setzen Sie sich doch bitte.« Frau Gruber machte einen nervösen Eindruck auf sie.

»Frau Bäumer. Ich habe heute etwas mitbekommen hinsichtlich des Kollegen Herrn Braun.«

»Was ist denn los?«

»Ich wusste nicht, dass Sie heute einen Termin mit Herrn Braun hatten. Ich habe ein Gespräch mitgehört, in dem Herr Peters gesagt hat, dass Herr Braun sich mit dem Fall wegen der Körperverletzung bei der Besprechung der Vorgehensweise und allen weiteren Fragen an Herrn Meger wenden soll.«

Martina schlug mit der offenen Hand auf den Tisch. »Das darf doch nicht wahr sein!«

Frau Gruber zuckte zusammen und sah sie erschrocken an.

»Tut mir leid. Ich wollte nicht laut werden.« Martina hob beschwichtigend die Hände.

»Ist schon gut. Ich habe bereits befürchtet, dass es damit zusammenhängt.«

Martina lehnte sich im Sessel zurück und fuhr sich nachdenklich über das Kinn. »Ja, es ging um diesen Fall. Wie immer wollte ich mit dem Kollegen die weitere Vorgehensweise abstimmen.« Martina stutzte. »Aber meine Meinung dürfte für Peters nicht mehr von Bedeutung sein.«

Frau Gruber schüttelte vehement den Kopf. »Nein, Frau Bäumer. Sagen Sie so etwas nicht.«

»Danke, dass Sie mir das erzählt haben. Ich werde für heute Schluss machen. Ich muss nachdenken. Wenn noch etwas Wichtiges sein sollte, dann notieren Sie es bitte für mich.«

Zerknirscht stand ihre Sekretärin auf. »Das wird sicherlich wieder. Sie wissen, Sie können auf mich zählen.«

»Danke, Frau Gruber.«

Martina lief die Stufen vom Bahnsteig der Schnellbahn herab. In der Unterführung durchbrach eine Melodie die Schritte der vorbeieilenden Leute. Neben dem Aufgang zum nächsten Bahnsteig saß ein junger Mann, eingewickelt in eine dicke Jacke und einem dunklen Wollschal, auf einem Holzhocker. Er spielte Gitarre und sang mit tiefer Stimme. Vor ihm stand die aufgeklappte Gitarrentasche. Darin lag eine Handvoll Münzen. Martina erkannte die Melodie. Christian hatte sie schon ein paar Mal gespielt. Wie lange hatten sie nicht mehr gemeinsam auf der Couch gesessen? Sie an ihm gekuschelt und er spielte für sie Gitarre.

»Entschuldigen Sie!« Eine ältere Frau mit Kind im Schlepptau drängte sich an ihr vorbei.

Martina zuckte zusammen. Der Gitarrenspieler lächelte ihr aufmunternd zu. Sie nickte zurück und lauschte noch einigen Schritten lang den Klängen. Am Ende der Unterführung erstickte der Autolärm die Melodie. Der Regen prasselte auf sie ein. Martina überquerte zögerlich die Schienen der Straßenbahnlinie. Frauen und Männer überholten sie. Früher wollte sie am Abend auch schnell nach Hause. Da gehörten die

Abende noch Christian und ihr. Jetzt arbeitete sie oft länger und Christian kam nicht mehr vorbei, weil er etwas mit Robert und Andreas unternahm.

Sie zog ihre feuchte Kleidung aus und ließ sie auf die Fliesen im Badezimmer fallen. Martina stieg in die Dusche. Das warme Wasser prasselte auf ihre Schultern. Sie schloss die Augen. Die Melodie von vorhin hallte in ihrem Ohr nach. Vor wenigen Wochen hatte Christian noch hinter ihr in der Dusche gestanden und sie umarmt. Seine Lippen waren ihren Hals entlang gefahren. Sie seufzte. Ja, sie vermisste ihn. Sie sah ihn vor sich, wie er manchmal am Bettrand saß und sie mit einem dahinschmelzenden Blick ansah und Gitarre spielte. Hatte Christian nicht vor Kurzem etwas über ein Gitarrenkonzert erzählt? Das wäre vielleicht eine schöne Idee für einen gemeinsamen Abend. Sie konnte sich aber nicht mehr an den Namen erinnern. Martina stellte das Wasser ab, wickelte sich in das Badetuch ein und ging ins Arbeitszimmer. Sie klappte den Laptop auf und suchte nach einem Gitarrenkonzert. Im Konzerthaus fand in zwei Tagen um 19:30 ein Musikabend mit zwei Gitarrensolisten statt. Karten konnten noch reserviert werden. Sie war sich nur nicht sicher, ob es die Veranstaltung war, von der Christian gesprochen hatte. Martina kramte in ihrer Aktentasche und holte ihr Handy hervor.

»Hallo, Martina.« Christian klang überrascht. Sie konnte Robert im Hintergrund lachen hören und Andreas rief irgendwas. Die Männer klangen fröhlich.

»Hi, ich wollte dich und die anderen gar nicht lange stören. Aber ich wollte dich kurz etwas fragen«, begann Martina.

»Warte einen Moment.«

Sie hörte, wie er die Tür hinter sich schloss. Die Gesprächsfetzen verstummten.

»Jetzt bin ich bei dir«, sagte er.

»Hast du am Freitagabend bereits etwas vor?«

»Nein, warum fragst du?«

»Gut so. Dann hast du jetzt etwas vor. Ein Date mit mir.«

Christian lachte. »Das sind ja ganz andere Seiten, die du hier aufziehst. Darf ich fragen, was wir vorhaben?«

Sollte sie es ihm sagen? »Nein, das ist eine Überraschung. Lass uns um 18:00 vor dem Universitätseingang treffen.«

Christian stutzte. »Du willst aber nicht mit mir in eine Vorlesung gehen?«

Martina schmunzelte. »Abgemacht?«

»Ganz, wie du mir befiehlst.«

»Dann will ich euch gar nicht länger aufhalten.«

»Martina. Ich freue mich. Es ist schon lange her, dass wir etwas Gemeinsames machen.«

Sie schluckte. Er hatte recht. »Ich freue mich auch. Meldest du dich morgen in der Früh mal?«

»Ja. Mache dir einen schönen Abend.«

»Du auch und lass die beiden schön von mir grüßen.«

16

Die Türen der U-Bahn öffneten sich und die Leute um sie drängten sich hinaus. Sie folgte der Menschentraube am Bahnsteig zu den Rolltreppen und warf einen schnellen Blick auf die Anzeige über sich. Mist, nur noch drei Minuten. Martina überholte auf der Rolltreppe mehrere Personen, die rechts standen. Dann war aber Schluss. Eine Frau hatte ihren Einkaufstrolley neben sich stehen. Da war kein Durchkommen. Martina seufzte auf. Heute durfte Christian sich ruhig einmal verspäten.

Oben angekommen überholte sie die anderen links und rechts und schritt zwischen den kleinen Ladengeschäften und dem Bahnsteig der Straßenbahn vorbei.

»Martina!«

Sie zuckte zusammen und drehte sich um. Christian eilte auf sie zu.

»Hey. Was hast du gestohlen, dass du so schnell läufst?«

»Hallo, Christian. Eine U-Bahn ist ausgefallen und ich wollte oben auf dich warten.«

Er zog sie an sich. »Du konntest also gar nicht erwarten, mich zu sehen.« Er küsste sie leidenschaftlich.

»Habt ihr kein Zuhause? Mitten im Weg stehen!« Eine ältere Frau sah sie missbilligend an und schüttelte beim Vorbeigehen den Kopf.

Christian und Martina lachten glücklich.

»Ich hätte nichts dagegen, wenn wir jetzt zu Hause wären.« Er zwinkerte ihr zu.

»Dann freue ich mich, dass wir nicht nur den Abend gemeinsam verbringen.«

Er fuhr sich nachdenklich ans Kinn. »Was machen wir heute eigentlich? Du wolltest zur Universität. Da musste ich gleich an den alten Professor vom Öffentlichkeitsrecht damals denken.« Es schauerte ihn.

»Keine schlechte Idee.« Sie zog ihn mit. »Dann können wir ja gleich schauen, ob wir eine passende Vorlesung für dich finden. Wobei der damals schon sehr alt war. Er ist sicherlich schon lange in Pension.«

Christian legte seinen Arm um ihre Schulter und sie schlenderten zur Universität. »Langsam machst du mich aber wirklich neugierig.«

Sie blickte ihm von der Seite an. »Entspann dich. Ich gebe dir einen Tipp. Mauro Giuliani.«

»Mauro Giuliani. Was hat der Komponist mit der Universität zu tun?« Er runzelte die Stirn.

Sie lachte. »Wer sagt denn, dass wir in die Uni gehen? Das war nur unser Treffpunkt.«

»Okay, ich gebe mich geschlagen.« Er hob die Hände. »Wo geht es lang?«

Martina merkte buchstäblich, wie Christian rätselte. »Komm, wir steigen ins Taxi. Wir haben nicht mehr lange Zeit.«

Sie klopfte an das Fenster eines Taxis.

»Ja?« Der Fahrer sah Christian an. »Wohin möchten Sie?«

»Das müssen Sie schon die Dame fragen«, erwiderte Christian.

Der Fahrer legte die Zeitung auf den Beifahrersitz. »Steigen Sie ein.«

Christian hielt ihr die Tür auf. Martina rutschte zur Seite, sodass Christian sich neben sie setzen konnte.

»So, wo darf ich die Herrschaften jetzt hinfahren?« Der Ton klang nicht mehr so freundlich wie zuvor.

»Bitte zum Konzerthaus.«

»Geht doch«, murmelte der Fahrer und fuhr los.

»Martina, das Konzerthaus und Mauro Giuliani! Hast du etwa …?«

Sie führte den Zeigefinger zu den Lippen. »Es wird nichts verraten.«

Martina stand am Eingang zur Bar des Konzerthauses. Das eindringliche Gitarrenspiel hatte sie aufgewühlt. Sie war dankbar für die Pause.

Christian kam mit zwei Gläsern Sekt auf sie zu. »So abseits? Hier für dich.«

Sie nahm ihm das Glas ab. »Danke. Ich habe dem Trubel nur ein wenig zugesehen.«

»Wollen wir auf den schönen gemeinsamen Abend anstoßen?«, fragte er sie.

»Sehr gern. Auf unseren gemeinsamen Abend.«

Die Gläser klirrten aneinander.

»Danke Martina, für die Überraschung. Das Konzert ist wirklich top. Wie bist du auf die Idee gekommen?«

Martina trank einen Schluck von ihrem Sekt. Er prickelte in ihrer Kehle. »Vor zwei Tagen habe ich einen Straßenmusiker eine Melodie spielen gehört, die du früher oft auf der Gitarre gespielt hast.«

»Das ist schon lange her.«

Martina nickte. »Und wie schön die Abende waren, an denen wir einfach zusammen auf dem Sofa saßen und du gespielt hast.« Sie schluckte.

Er blickte sie eindringlich aus seinen tiefgrünen Augen an. »Was hindert uns daran, es nicht wieder zu tun?«

»Nichts.« Sie fuhr sich durch die Haare und spielte mit einer Strähne. »Ich würde mich freuen, wenn wir uns wieder mehr Zeit für uns nehmen würden.«

Christian nickte. Seine Lippen umspielte ein Lächeln und die Augen strahlten.

Ein Gong durchbrach das Stimmengeschwirr.

Sie leerten ihre Gläser und stellten sie am Stehtisch neben ihnen ab.

Er nahm Martinas Hand. »Ich mich auch. Du machst mich sehr glücklich.«

Gemeinsam gingen sie zurück in den Mozartsaal.

Ihr Kopf ruhte auf Christians Brust und spürte seinen Atem. Die Lider waren ihr schon zugefallen.

»Martina?«

»Ja.«

»Ich denke darüber nach, was du heute in der Pause gesagt hast.«

Sie öffnete die Augen. »Was meinst du?«

Er streichelte ihr sanft über den Rücken. »Dass du dir wünscht, dass wir uns Zeit füreinander nehmen sollten.« Sein Oberkörper bäumte sich leicht unter ihr auf.

Sie spürte, dass er tief einatmete.

»Bist du sicher, Martina? Verstehe mich nicht falsch. Ich freue mich! Es ist das, was ich schon lange will und noch mehr. Aber was ist mit deiner Arbeit? Lässt sie uns überhaupt die Möglichkeit mehr zusammen zu sein?«

Martina löste sich aus der Umarmung. Sie konnte ihn nach der letzten Zeit gut verstehen. Auch sie hatte darüber nachgedacht. Sie setzte sich im Bett auf und zog sich die Decke über die Schulter. »Ich weiß. Es war sehr viel. Ich werde mir die Zeit nehmen.« Für einen Moment zögerte sie. »Weil mir klar geworden ist, dass ich meine Abende nicht mit Akten und Tiefkühlpizza verbringen möchte. Sondern meine Zeit, mein Leben mit dir teilen will.« Ihr Herz klopfte schneller, sie konnte es deutlich in der Brust spüren.

Christian rutschte zu ihr hoch. Sie erahnte seine Umrisse im Dunkeln neben sich und strich mit ihrer Hand an seiner Wange entlang.

Er fand ihre Hand und führte sie zu seinen Lippen. »Ich liebe dich, Martina! Ich will mit dir zusammen sein.«

»Ich liebe dich auch, Christian.« Sie zog ihn zu sich und küsste ihn leidenschaftlich.

Martina wachte auf. Sie hörte das Mahlen der Bohnen der Kaffeemaschine gedämpft durch die Schlafzimmertür. Sie blinzelte vorsichtig wegen des Sonnenlichts, das zwischen den Vorhängen hindurch fiel.

Christian kam ins Schlafzimmer. »Guten Morgen, Langschläferin.« Er setze sich zu ihr auf das Bett und küsste sie. Seine Haare waren vom Duschen noch nass.

»Guten Morgen.« Sie konnte ein Gähnen nicht unterdrücken.

»Noch nicht ausgeschlafen?« Er schmunzelte und zog sie hoch. »Frühstück ist gleich fertig.«

»Bin gleich da.« Sie zog sich den blauen Morgenmantel über und tapste barfuß in die Küche. Christian hatte den Frühstückstisch für sie beide bereits gedeckt und stellte gerade die Kaffeetassen auf den Tisch.

»Daran könnte ich mich glatt gewöhnen.« Sie setzte sich.

Er zwinkerte ihr zu.

Sie nahm sich eine Scheibe Toast und schmierte Butter und Marillenmarmelade darauf. »Das Wochenende war richtig schön und hat gutgetan. Von mir aus könnten wir hier immer gemeinsam sein.«

Christian stellte seine Tasse ab und nahm ihre Hand. »Dann lass uns endlich Nägel mit Köpfen machen und zusammenziehen.«

Martina nickte. »Könntest du dir vorstellen, bei mir einzuziehen? Du bist sowieso oft hier.«

»Grundsätzlich ja.«

Martina merkte, wie es in ihm arbeitete und er seine Worte abwog. »Aber?«

»Ich fühle mich hier wohl, weil du da bist, aber ich würde gerne etwas Gemeinsames haben, was wir uns beide aufbauen.« Christian blickte sie unsicher an.

Sie sah sich in der Wohnung um. Ihren Rückzugsort zu verlassen, das konnte sie sich gar nicht vorstellen. Sie trank einen Schluck. »Das kommt jetzt etwas überraschend. Ich dachte, du bist gern hier.«

Christian kratzte sich am Hinterkopf. »Ja, schon. Aber ich möchte für uns etwas mehr Platz haben und ein Zuhause schaffen, dass uns beiden gehört. Aber ich kann dich schon verstehen, dass dir diese Wohnung viel bedeutet.«

»Wohlfühlen … Manchmal habe ich das Gefühl, wenn ich die nackten weißen Wände ohne Bilder ansehe, dass das auch ein Ferienappartement sein könnte, wo ich nur zu Gast bin. Aber ich konnte mich immer hierher zurückziehen.« Verkriechen traf es wahrscheinlich besser. Dieser Ort war ihre Zuflucht geworden.

»Wir können ja darüber nachdenken. Wir müssen nichts überstürzen«, meinte er.

Martina sah ihm die Enttäuschung an. Sie gab sich einen Ruck. »Weißt du was? Wir schauen mal, ob wir etwas Schönes finden. Und dann sehen wir weiter.«

Christian nickte. »Einverstanden und ich verspreche dir, wir überstürzen nichts.« Er beugte sich vor, nahm ihren Arm und küsste ihre Hand.

Frau Gruber kam aus der Teeküche und reichte ihr eine Tasse Kaffee. »Damit Sie gut in den Montagmorgen starten.«

Martina lächelte sie an. »Vielen Dank. Können Sie mir die Akte vom Krankenanstaltenverbund Ost heraussuchen?«

Sie hörte die Stimmen ihrer Kollegen aus dem Gang der hinteren Büros. Meger und Hauser kamen auf sie zu.

»Guten Morgen, Frau Bäumer.« Meger blickte sie freundlich an.

»Guten Morgen«, antwortete Martina.

Frau Hauser nickte ihr zu.

»Frau Hauser und ich sind jetzt bis zehn Uhr beim Chef. Bitte keine Störungen«, sagte er zur Sekretärin.

»Selbstverständlich, Herr Meger.«

Schon wieder fand eine Besprechung ohne sie statt, dachte sich Martina.

Frau Gruber ging zum Aktenschrank und schüttelte den Kopf. »Krankenanstaltenverbund, hier.« Die Sekretärin kam zu Martina an den Tresen und reichte ihr die Akte über den Tisch. »Mich geht es ja nichts an. Aber …«

Martina blickte auf. »Was meinen Sie?«

»So, wie man Sie aktuell behandelt. Das haben Sie nicht verdient.«

Sie nickte und wusste nicht, was sie darauf antworten sollte. Aber ihre Sekretärin hatte recht. »Ist Herr Braun in seinem Büro?«

»Ja. Er ist kurz vor Ihnen gekommen.«

Martina trank einen Schluck Kaffee. Sie sah auf die Uhr. »Um diese Zeit am Montagmorgen hat er noch keinen Termin, oder?«

»Nein, hat er nicht. Erst ab elf ist eine Besprechung eingetragen.« Frau Gruber sah sie fragend an.

»Dann beginnen wir jetzt einmal.« Sie trank ihren Kaffee aus. »Danke. Ich bin bei Herrn Braun, wenn etwas sein sollte.«

»In Ordnung, Frau Bäumer.«

Martina ging den Gang mit den historischen Fotografien von Wien nach hinten zum Büro von Gerhard. Die Tür stand offen. Sie klopfte an den Türrahmen und trat ein. »Guten Morgen, hast du fünf Minuten für mich?«

»Guten Morgen, Martina.« Er stockte kurz und lächelte dann. »Ja, klar. Für dich doch immer.«

Das war nicht das spitzbübische Lächeln, bei dem seine Grübchen hervortraten. Sondern die Miene eines Pokerspielers, die er für seine Mandanten und vor Gericht aufsetzte. Ihr Magen zog sich zusammen.

»Setz dich doch, Martina.«

»Danke.« Sie nahm Platz. Ihr Mund war wie ausgetrocknet. Sie räusperte sich. »Wir hatten am Donnerstagnachmittag einen Termin zur Besprechung deines neuen Gerichtsfalls. Da habe ich dich vermisst.« Sie sah ihn herausfordernd an.

Ihr junger Kollege wich ihrem Blick aus. »Es tut mir leid, dass ich den Termin nicht abgesagt habe.«

»Wenn du möchtest, können wir den Fall gern jetzt durchsprechen. Frau Gruber meinte, du hast erst gegen elf einen Termin.«

Er fuhr sich über die Stirn und rutschte auf seinem Sessel herum. Fast tat er ihr leid. Aber das hinter ihrem Rücken agieren, musste aufhören. Sofort!

Gerhard sah sie mit ernster Miene an. »Martina, ich hätte den Termin absagen sollen. Aber Herr Peters hatte mir mitgeteilt, dass ab sofort Herr Meger für die Durchsprachen und meine Rückfragen verantwortlich ist.«

Also doch. Stück für Stück drängte Peters sie immer weiter ins Abseits. »Na, dann. Ich will dich gar nicht weiter stören und lass dich wieder arbeiten.«

Gerhard stand auf und begleitete sie zu Tür. »Ich verstehe auch nicht, was hier vor sich geht. Es tut mir leid für dich, Martina. Aber du musst mich auch verstehen. Ich stehe noch ganz am Anfang.« Er öffnete die Tür.

»Und du musst dich nach dem Wind drehen.« Sie schüttelte den Kopf und schritt an ihm vorbei.

17

»Das kann doch nicht wahr sein. Jetzt wird nochmals vertagt. Schon zum zweiten Mal.« Frau Seibert sah sie ungläubig an.

Martina setzte sich zu der Ehefrau ihres Mandanten vor den Gerichtssaal. Herr Seibert war bereits auf den Weg zurück in die Justizanstalt. »Ich kann Sie verstehen. Aber das Gericht konnte gar nicht anders handeln. Zwei wesentliche Zeugen ließen sich für den heutigen Verhandlungstag entschuldigen.«

Frau Seibert gab einen Stoßseufzer von sich. »Ja, doch jetzt muss mein Georg noch länger im Gefängnis bleiben. Glauben Sie, dass er bald freikommt?«

Sie tat Martina leid, denn es war offensichtlich, dass sie sich nur Sorgen um ihren Mann machte. Gerne hätte sie ihr die Ungewissheit genommen, aber das letzte Wort in diesem Fall hatte die Richterin. »Ich kann Ihnen nichts versprechen, Frau Seibert. Aber ich werde alles mir Mögliche tun, damit die Verhandlung schnell fortgesetzt wird und es zu einem angemessenen Urteil kommt. Ich werde mit Ihrem Mann die weitere Vorgehensweise schnellstmöglich besprechen.«

»Danke.« Frau Seibert schluchzte.

Martina legte ihr die Hand auf die Schulter. »Wenn Sie etwas brauchen, dann können Sie jederzeit auf mich zukommen.«

Frau Seibert stand auf. »Vielen Dank für Ihre Hilfe.«

Martina blickte ihr nach, wie sie mit gesenktem Kopf zum Ausgang schlich.

In der Eingangshalle vom Gericht war am frühen Nachmittag nur wenig Betrieb. Sie ging zum Ausgang des Gerichts.

Der Sicherheitsbeamte kam auf sie zu. »Hatten Sie einen erfolgreichen Termin?«

»Ja, aber wieder einmal eine Vertagung.«

»Dann beehren Sie uns bald wieder.« Er überholte Martina und öffnete ihr die Tür. »Ich wünsche Ihnen noch einen schönen Tag.« Er lächelte sie an.

»Vielen Dank. Ihnen auch. Auf Wiedersehen.« Egal, wann sie den älteren Sicherheitsbeamten sah, er wirkte immer gut gelaunt. Er war stets höflich und zu allen hilfsbereit. Sie schritt aus dem Vorbau heraus und ein rauer Wind schlug ihr entgegen.

Martina blickte auf die Uhr. Sie kam deutlich früher zurück als geplant und heute hatte sie keine Termine mehr. Eigentlich gab es keinen Grund, direkt in die Kanzlei zurückzufahren. Für einen Moment sah sie die beiden unerledigten Aktenberge vor sich. Doch bis auf Frau Gruber würde niemand Notiz von ihr nehmen. Vor Kurzem hatte sie noch aufgestöhnt, wenn jemand an ihre Bürotür klopfte und eine Frage hatte oder ihr ein neuer Fall übertragen wurde. Heute wäre sie über jede Störung froh gewesen. Sie fuhr sich durch die Haare.

Martina fröstelte und fühlte sich unwohl. Sie schlenderte zum Rathaus. Gern hätte sie sich auf eine der Sitzbänke gesetzt und die Ruhe genossen. Aber eine dünne Schneeschicht hatte sich über die Stadt gelegt. Der Schnee rieselte zwischen den Zweigen der Bäume herab. Ihr fiel ein, wie sie mit ihrem Vater früher beim ersten Schneefall gemeinsam zum Hügel hinter den Gemeindebauten spaziert war. Er hatte sie mit dem Schlitten hochgezogen und dann waren sie gemeinsam heruntergefahren. Sie seufzte.

Seit dem letzten Treffen mit ihrer Mutter hatte sie von beiden nichts mehr gehört. Obwohl sie letzten Freitag nicht vorbeigekommen war. Hoffentlich war alles in Ordnung. Ein flaues Gefühl breitete sich in ihrem Magen aus. Sie fischte das Handy aus ihrer Manteltasche und rief ihre Eltern an.

»Bäumer«, meldete sich ihre Mutter.

Martina wäre froh gewesen, wenn ihr Vater an das Telefon gegangen wäre. »Hallo, Mama.« Sie versuchte ihre Stimme normal klingen zu lassen.

»Hallo, Martina, schön, dass du dich meldest. Gibt es dich auch noch?«

In Martina kochte es hoch. Ihre Mutter konnte die Spitzfindigkeiten einfach nicht lassen. »Wie geht es dir und Papa?«

Ihre Mutter gab ein Schnauben von sich. »Gut, bis auf die kleinen Wehwehchen. Aber Papa hat sich Sorgen gemacht, weil du am Freitag nicht da warst. Hast dich ja auch nicht gemeldet.«

Martina spürte, wie das schlechte Gewissen in ihr aufstieg. Das konnte ihre Mutter immer sehr gut.

»Ich habe ihm gesagt, dass du viel zu tun hattest«, setzte ihre Mutter fort.

Dem Vater musste immer die heile Welt vorgespielt werden. »Natürlich, was sonst.«

»Martina, diesen Freitag kommst du aber schon wieder.«

Sie konnte die bestimmende Art ihrer Mutter nicht leiden. »Ja, ich komme vorbei. Kann ich Papa sprechen?«

»Nein, der ist nicht da. Ist wieder im Keller und bastelt vor sich hin. Soll ich ihm etwas ausrichten?«

»Ja, grüße ihn schön von mir.« Sie räusperte sich. »Ich muss jetzt auch wieder los. Bis Freitag.«

»Mache ich. Bis Freitag.«

Martina beendete den Anruf und atmete tief durch. Die nasskalte Luft durchdrang die Kleidung bis auf die Haut. Sie fror. Martina wollte sich aber auch nicht verstecken oder ihre Zeit vertrödeln. Sie ging durch den Park zur nächsten Station der Straßenbahn.

Martina stieg die Wendeltreppe in den zweiten Stock zum Billardcafé hoch. Sie betrat den Raum. Sogleich drangen das Poltern der Kugeln und das Stimmengeschwirr auf sie ein. Hinter der Bar stand Rosa und hantierte an der Zapfanlage, blickte in ihre Richtung und winkte sie zu sich. Ihre großen schillernden Ohrringe wippten dabei mit. Martina trat an den Tresen, an dem bereits zwei ältere Männer standen.

»Tisch Nummer zehn ist für euch reserviert. Einmal wie immer? Zwei große Biere?«, fragte Rosa die beiden.

»Du kennst uns doch.« Der hochgewachsene Mann mit den dunklen Haaren zwinkerte ihr verschmitzt zu.

Rosa lachte herzhaft. »Du machst mich alte Dame noch verlegen. Hier der Chip für euren Tisch. Das Bier kommt gleich.« Sie blickte zu Martina. »Jetzt muss ich mich aber um die Lady kümmern.«

Die beiden Männer gingen zu ihrem Billardtisch hinüber.

»Hallo, Rosa, weißt du, wo Christian ist?«

»Hey, Martina. Die beiden spielen im hinteren Raum. Hier vorne war ihnen zu viel Rummel.« Sie verdrehte die Augen und fügte trocken hinzu: »Sind ja auch nicht mehr die Jüngsten.«

Martina musste lachen. »Dann gehe ich mal zu ihnen.«

»Magst du schon etwas zu trinken?«

»Ja, ein großes Mineralwasser bitte.«

»Bringe ich dir gleich nach hinten.«

Martina erblickte die beiden Freunde beim Tisch am Fenster.

Robert zielte mit dem Queue auf die weiße Kugel und lochte die rote Kugel in das rechte vordere Eck ein. »Geht doch.« Er grinste breit und jungenhaft.

»Glückwunsch, wer gewinnt?«

»Hallo Martina, du betrittst den Raum und das Glück ist mir hold.« Robert verbeugte sich theatralisch vor ihr.

»Dann bin ich gespannt, wie es weitergeht.« Sie stellte sich neben Christian an den Stehtisch.

»Hi, freut mich, dass du mich abholst.« Er legte seinen Arm um sie. »Du siehst blass aus.« Christian schob ihr einen Hochstuhl zu. »Setz dich doch.«

»Danke.« Sie nahm Platz und war dankbar, dass sie sich einen Moment ausruhen konnte.

»War heute viel los?« Christian sah sie besorgt an.

»Es war einfach nicht mein Tag.« Martina wollte nicht über die Arbeit reden. Für heute hatte sie mehr als genug.

»Du bist dran, Christian«, sagte Robert.

»Bin gleich wieder da. Die schwarze Kugel loche ich doch mit links ein.« Christian zielte. Die weiße Kugel prallte ab und streifte die schwarze Kugel nur haarscharf.

Robert klopfte ihm auf Schulter. »Dann lass mal einen Profi ran.«

Christian stellte sich zu ihr. »Robert und ich haben schon beim Chinesen etwas gegessen. Hast du Hunger?«

Martina nickte. »Ja, ich bin direkt von der Kanzlei her. Spielt ihr noch eine Runde? Dann würde ich mir bei Rosa etwas bestellen.«

Christian blickte Robert fragend an.

»Von mir aus gerne. Ich bin aufgewärmt.« In Roberts Augen glitzerte der Schalk.

»Was haltet ihr davon: Ich bestelle bei Rosa für Martina etwas zum Essen und ihr beide spielt mal eine Runde?«, fragte Christian.

»Von mir aus gerne. Traust du dich?«, forderte Robert sie heraus.

»Das lasse ich mir nicht zweimal sagen. Richtest du her?« Martina legte ihren Mantel auf einem der hohen Stühle ab.

»Wird gemacht.« Er zwinkerte ihr zu.

»Was magst du? Vielleicht einen gemischten Teller Paninis mit Salat. Das habe ich vorhin bei jemandem gesehen. Sah gut aus«, fragte Christian sie.

»Das klingt perfekt. Danke, dass du mir etwas holst.« Sie trat zu Robert an den Billardtisch. »Auf gehts.«

Er reichte ihr den Queue. »Ladys First.«

Sie zielte auf die weiße Kugel und die anderen Kugeln prallten in alle Richtungen ab. Auf was hatte sie sich da eingelassen? Sie hatte früher oft mit Christian gespielt, war aber schon lange aus der Übung.

Robert ging um den Tisch herum und suchte eine gute Position. »Was hast du eigentlich mit Christian angestellt? Der strahlt mit der Sonne um die Wette und konzentriert sich überhaupt nichts aufs Spiel. Verschießt hundertprozentige Chancen.« Er blickte sie neugierig an.

»Wir haben beschlossen, zusammenzuziehen und freuen uns beide.« Es war das erste Mal, dass sie es laut aussprach. Es fühlte sich gut an.

»Das sind doch tolle Neuigkeiten.« Robert schoss die weiße Kugel mit einem starken Stoß über den Tisch und lochte eine halbe Kugel ein. »Die Halben gehören mir.« Er kratzte sich an der Stirn. »Ist alles gut bei dir? Du siehst müde aus. Bei solch tollen Nachrichten solltest du doch eigentlich strahlen.«

Ihr Magen rebellierte. »Ja, ich freue mich. Aber ich hatte in letzter Zeit ein paar Probleme in der Kanzlei.«

»Magst du darüber reden?«

Martina nahm den Queue und umrundete den Tisch. »Nein, von der Arbeit lassen wir uns den Abend nicht verderben. Es gibt Wichtigeres.«

»Hört, hört.« Cristian kam auf sie zu. »So etwas hört man gerne. Rosa bringt gleich das Essen.« Er sah auf den Tisch.

»Habt ihr überhaupt gespielt oder nur geredet?«

»Das musst du doch verstehen: Wenn ich beim Billard spielen schon mal eine so charmante Begleitung habe! Bei dir konzentriere ich mich lieber auf das Spielen.«

Sie lachten. Christian hob abwehrend die Hände. »Ich habe es verstanden.«

»Eines noch, bevor ich es vergesse.« Robert tippte sich an die Schläfe. »Freitag in einer Woche hat David seinen zwölften Geburtstag. Es würde uns freuen, wenn ihr beide vorbeikommt.«

Christian blickte Martina fragend an.

Sie nickte. »Das machen wir gern. Gibt es etwas, womit wir ihm eine Freude machen können?«

Robert überlegte. »In dem Alter gar nicht so leicht.«

»Gib uns einfach Bescheid«, meinte Christian.

»Essen kommt.« Rosa stellte mit Schwung den Teller auf dem Stehtisch neben ihnen. Es duftete nach geröstetem Brot und geschmolzenem Käse. »Guten Appetit.«

»Danke. Christian, übernimmst du für mich die Runde? Ich bin sowieso aus der Übung und mein Magen knurrt.«

Er zog sie zu sich und küsste sie. »Gern. Lass es dir schmecken. Und wenn du willst, üben wir wieder gemeinsam wie früher.«

Sie nickte und ließ sich auf dem Hochstuhl nieder.

18

Martina kam von der Mittagspause zurück und setzte sich schwungvoll hinter den Schreibtisch. Der Spaziergang über den Graben und der Wind hatten ihr den Kopf durchgepustet. Sie blickte in ihren Kalender. Welche Termine standen diese und nächste Woche noch an? Sie stutzte. Normalerweise war der Kalender immer prall gefüllt. Die kommenden Tage waren so eng getaktet, dass kaum Zeit für Pausen blieb, aber danach hatte sie in diesem Monat immer wieder Lücken. In letzter Zeit hatte sie auch keine neuen Fälle mehr übertragen bekommen. Sie musterte beide Aktenstapel neben sich auf dem Beistelltisch. Dann kann sie diesen Berg aus Unterlagen wenigstens endlich abarbeiten. Bis sie damit fertig war, würden sicherlich wieder neue Fälle hereinkommen. Wahrscheinlich sogar mehr, als ihr lieb sein würde.

Ihr Handy läutete. »Bäumer.«

»Hi, ich wollte dich gar nicht lange stören«, hörte sie Christians Stimme.

»Hallo. Freut mich, dass du dich meldest.« Sie legte den Kalender weg und lehnte sich gemütlich im Sessel zurück.

»Das hört man doch gern.« Er lachte. »Heute Abend bin ich doch mit Robert und Andreas zum Fußball verabredet. Aber ich habe gerade beim Rückweg vom Gericht gesehen, dass der Italiener auf der Landstraße nach der Renovierung wieder geöffnet hat.«

»Das ging aber schnell. Wollte er nicht erst wieder im Frühjahr öffnen?« Martina sah Antonio vor sich, wie er ihnen mit seiner sonoren Stimme die Speisen vorstellte.

»Ja, dachte ich auch. Was hältst du davon, wenn ich uns für morgen Abend einen Tisch reservieren lassen?«

Sie dachte an die gemeinsamen Abende und das gute Essen dort. »Das hört sich gut an. Mach das. Da freue ich mich.« Ihr Magen stimmte mit einem wohligen Gefühl zu.

»Ich hoffe nicht nur wegen Antonio und seiner selbst gemachten Pasta. Dann rufe ich ihn gleich an. Warte mal einen Moment bitte.«

Martina hörte eine zweite Stimme im Hintergrund. Sie richtete sich auf.

»Tut mir leid, der nächste Mandant ist bereits da. Ich muss leider weitermachen«, sagte Christian.

»Kein Thema. Ich muss hier auch noch einiges für die nächsten beiden Verhandlungen vorbereiten. Bis später.«

»Bis dann. Martina, mach nicht mehr zu lange.«

»Versprochen.«

Martina legte auf und unterschrieb die Dokumente, die Frau Gruber ihr in der Mittagspause hereingelegt hatte. Sie streckte sich und gähnte. Ein Kaffee konnte nicht schaden. Sie nahm die Unterschriftsmappe und ging ins Sekretariat. Frau Gruber war nicht an ihrem Platz. Also schrieb Martina ihr eine kurze Notiz und legte die Mappe auf den Schreibtisch. Dann würde sie sich selbst einen Kaffee holen. Sie öffnete die Tür zur Teeküche.

»Hallo, Frau Bäumer.« Frau Hauser stand vor der Kaffeemaschine.

»Hallo, dann komme ich später.« Martina wandte sich zum Gehen um.

»Nicht doch. Bin gleich weg. Wie geht es Ihnen? Ich habe Sie die letzten beiden Male bei der Strategiesitzung vermisst.«

Martina zwang ihre Gesichtszüge zu einem Lächeln. »Gut, ich hoffe Ihnen auch? Ich bin aktuell gut beschäftigt. Wie sieht es bei Ihnen aus?«

»Das freut mich wirklich zu hören. Ja, bei mir läuft es bestens.« Frau Hauser nahm ihre Kaffeetasse und stolzierte in ihrem Kostüm und den hochhackigen Schuhen an ihr vorbei. »Dann wünsche ich Ihnen noch einen schönen Tag.«

»Ihnen auch.« Die Tür fiel zu. Martinas Anspannung wich. Jetzt brauchte sie einen starken Kaffee. Sie stellte ihre Tasse unter den Hahn und drückte die Taste für einen doppelten Espresso.

Zurück im Büro nahm sie sich die Akte vom Krankenanstaltenverbund von dem Stapel. Nächste Woche stand der erste

Verhandlungstag bei Gericht an. Sie las die Protokolle und Notizen der bisherigen Einvernahmen und notierte sich wichtige Passagen für die Zeugenbefragung.

Es klopfte an der Tür. Bevor sie hereinrufen konnte, steckte der Kollege Meger seinen Kopf durch den Spalt.

»Haben Sie einen Moment für mich?«

Jetzt war er sowieso schon da und hatte sie bei ihrem Fall unterbrochen. »Ja, um was geht es denn?«

Er setzte sich auf die andere Seite ihres Schreibtisches, überschlug lässig die Beine. »Können Sie mir die Akte Schindler geben?«

Martina durchfuhr es wie ein Stromschlag. »Warum benötigen Sie die Akte meines Falls?« Ihr Magen schlug mehrere Saltos.

»Der Chef sagte, ich soll mich des Falls annehmen und am Dienstag die Verteidigung bei Gericht für Sie übernehmen.« Er lächelte sie gönnerhaft an. Seine Genugtuung stand ihm ins Gesicht geschrieben.

Was sollte das jetzt? Das konnte doch nicht sein Ernst sein. »Natürlich können Sie die Akte haben, wenn es Herr Peters so will«, sagte sie mit sicherer, aber belegter Stimme. Sie sammelte die Akten auf ihren Beistelltisch zusammen. Martina schob ihm den Stapel über den Schreibtisch zu. Sie rang sich ihr nettestes Lächeln ab. Bloßstellen würde er sie nicht auch noch können. Sie schaute ihn offen an.

»Vielen Dank!« Er erwiderte ihren Blick triumphierend.

»Gibt es sonst noch etwas, wo ich Ihnen behilflich sein kann, Herr Meger?«

»Nein, danke. Das wäre alles.«

Martina stand auf. »Dann lassen Sie uns beide wieder an die Arbeit gehen. Sie haben ja jetzt beide Hände voll zu tun.« Sie begleitete ihn zur Tür.

»Nichts für ungut.«

Martina schloss die Tür hinter ihm. Ihr war schlecht. Die Hände zitterten. Sie lehnte sich an die Tür. Martina fühlte sich schwach. Alles in ihr gab nach. Sie musste mit Peters reden. Heute nicht, aber sie konnte das Gespräch nicht mehr lange vor sich herschieben. Sie musste Gewissheit haben. So konnte es auf keinen Fall mehr weitergehen.

Martina saß beim Esstisch in der Küche im Schneidersitz. Mit der Hand stützte sie ihren Kopf ab. Sie starrte aus dem Fenster. Regen prasselte auf die Scheiben. *Der Chef sagte, ich soll das für Sie übernehmen,* hallten die Worte vom Meger in ihrem Ohr nach. Sie schüttelte den Kopf. Was war nur geschehen? Vor wenigen Wochen war ihr die Partnerschaft angeboten worden. Sogar die Verträge hatte Peters aufsetzen lassen und jetzt hatte er ihr den letzten Fall, den sie von ihm übernommen hatte, entzogen. Er hat ihn einfach dem Meger gegeben. Und dann hat Peters es ihr nicht einmal selbst gesagt. Ja, sie hatte den Fall Holler verloren. Und ja, der Fall war Peters wichtig gewesen. Aber das gehörte zum Geschäft dazu! Allein beim Gedanken an Herrn Holler und dem Gespräch vor der letzten Verhandlung lief ihr ein Schauer über den Rücken. Er hatte sie doch tatsächlich gefragt, ob sie ihm privat weiterhelfen könnte. Wie es rechtlich mit dem Unterhalt und das Sorgerecht für ein uneheliches Kind aussah. Er wollte seine Geliebte nicht zu einer Abtreibung drängen, auch wenn das für ihn die beste Option war, wo er gerade in Scheidung lebte.

Sie fuhr sich durch die Haare. Egal. Sie schob den Gedanken zur Seite. Die Möglichkeit der Berufung hatte ihr Peters sowieso nicht gegeben. Wo war sie falsch abgebogen? Obwohl Peters ihnen beiden gesagt hatte, dass sie aktuell nicht als Partner in der Kanzlei aufgenommen werden würden, hatte er Meger die Berufung im Fall Holler übertragen. Und jetzt noch der Fall Schindler. Für den Kollegen schienen sich die Karten wieder ins Positive gedreht zu haben. Ganz im Gegenteil zu ihr.

Sie seufzte auf. Der Kopf zersprang ihr fast vor Schmerzen. Sie stand auf und holte sich aus dem Schrank im Arbeitszimmer eine Schmerztablette. Sie musste aufhören, weiter zu grübeln. Die Tablette spülte sie mit einem Glas Wasser runter. Ihr Magen krampfte sich zusammen. Sie lehnte sich an die Kücheninsel und schloss die Augen. Christians Gesicht tauchte vor ihren Augen auf. Sie vermisste ihn. Die letzten Abende hatten ihr gutgetan und gezeigt, wie wichtig er ihr war. Sie wollte nicht mehr allein sein.

Martina blickte auf die Küchenuhr. Es war noch zu früh,

um ins Bett zu gehen. So würde sie kein Auge zukriegen. Dann nutzte sie den freien Abend und sah sich einen Film an. Sie schmunzelte, als sie daran dachte, wie Christian sich mit ihr die alten Filme ansah. Und wie er sie dabei immer wieder fragte, was sie denn an den alten Schinken mochte. Sie kramte sich in der Schublade unter dem Fernseher durch ihre DVDs. Nein, den neurotischen Film *Frau ohne Gewissen* wollte sie heute nicht. Heute brauchte sie etwas Spannung. *Solange ein Herz schlägt*. Ja, das war der richtige Film. Sie legte die DVD ein und holte sich aus der Küche ein Glas Rotwein. Martina legte sich auf die Couch und kuschelte sich in die Wolldecke ein. Die Filmmusik zog sie in das Leben von Mildred. Ihr Handy vibrierte. Wer störte sie denn jetzt? Sie drückte auf Pause.

Eine neue Nachricht von Christian. *Du fehlst mir. Wünsche dir einen schönen Abend. Freue mich auf morgen. Schlaf gut.*

Martina lehnte sich gemütlich zurück und tippte. *An die gemeinsamen Abende könnte ich mich gewöhnen. Ich wünsche dir auch einen schönen Abend. Bis morgen. Gute Nacht.*

Sie spielte die letzte Szene vom Film zurück und sah Joan Crawford als resolute Mildred gebannt zu.

Martina wälzte sich von einer Seite zur anderen. Normalerweise fiel sie nach einem anstrengenden Arbeitstag erschöpft ins Bett und schlief, bis das Handy sie am Morgen mit seinem durchdringenden Klingeln unsanft weckte. Sie blickte auf ihr Handy. Es war erst kurz nach drei. Sie drehte sich wieder um und verkroch sich unter der Decke. Die Ereignisse der letzten Woche gingen ihr durch den Kopf. Was konnte sie jetzt noch tun? Am liebsten wäre sie zu Peters ins Büro gestapft, hätte den Fall zurückgefordert und ihm die Meinung gegeigt. Nein, er hatte ihr zu viel genommen! Die Genugtuung, dass er sie so lächerlich dastehen lassen würde, wie eine blutige Anfängerin, die würde sie ihm nicht auch noch verschaffen. Nein, es reichte!

»Genug ist genug«, sprach Martina es laut in die Dunkelheit der Nacht hinein. Mit einem Mal fühlte sie sich so wach wie lange nicht mehr. Sie wusste jetzt, was sie tun wollte. Martina schaltete die Stehlampe am Nachtkästchen ein und holte ihren Laptop unter dem Bett hervor. Der lag meistens in Reichweite, da sie häufig am Abend noch Schrifttexte überarbeitete oder sich für die Verhandlung am nächsten Tag vorbereitete. Auch das würde sich jetzt ändern. Sie dachte an die letzten Abende mit Christian. Er fehlte ihr.

Sie stellte ihren Polster hinter sich auf, sodass sie bequem sitzen konnte. Dann klappte sie den Laptop auf und öffnete ein neues Dokument. Sie tippte ihren Absender und die Adresse der Kanzlei auf die leere Seite. Als sie in den Betreff Kündigung schrieb, zitterten ihre Hände. Sie atmete tief durch. Ihre Finger tippten wie im Rausch die Kündigung. Martina las sich den Text nochmals durch. Sie besserte noch zwei Stellen aus und formulierte etwas um. Es gab keinen Weg zurück. Sie würde sich nicht mehr verbiegen lassen. Im nächsten Moment hörte sie schon, wie der Drucker im Arbeitszimmer ansprang.

19

Kurz nach sieben stand sie vor der geschlossenen Kanzleitür. Sie sperrte die Tür auf und ging in den Empfangsbereich. Ihr Herz pochte. Sie war die Erste. Die Kanzlei war wie ausgestorben. Sie trat an den Schreibtisch der Sekretärin und fuhr den Computer hoch. Zum Glück gab es ein gemeinsames Passwort für den Kanzlei-Account! Martina sah in den Kalender von Peters. Keine Termine am Vormittag. Gut, dann konnte sie mit ihm in der Früh sprechen. Sie legte Frau Gruber eine Notiz auf dem Schreibtisch. *Bitte kommen Sie in mein Büro.*

Ihr Büro. Als sie es betrat, lief ihr ein kalter Schauer über den Rücken. Auf einmal wirkte der Raum mit den dunklen Designermöbeln nicht mehr einladend. Es war ab heute nicht länger ihr Büro.

Sie nahm die eingerahmten Zeugnisse und Urkunden von der Wand. Martina fuhr über das Diplom und dachte daran, wie stolz ihr Vater gewesen war, als er sie zur Sponsion an die Universität begleitet hatte. Wo hatte sie denn das Foto hingelegt, das sie mit ihren Eltern und Christian auf der Feier zeigte?

Einer der wenigen Momente, in dem sie zu viert waren. Sie kramte in der Schublade ihres Schreibtisches herum.

»Guten Morgen.« Ihre Sekretärin blieb wie angewurzelt im Türrahmen stehen. Sie starrte Martina mit offenem Mund an.

»Guten Morgen, Frau Gruber.«

Frau Gruber drückte die Tür schnell zu. »Das ist aber nicht wahr.« Sie kam auf Martina zu.

»Ich werde kündigen und die Kanzlei verlassen.«

Die Sekretärin ließ sich kraftlos auf den Sessel vor Martinas Schreibtisch nieder. Sie war weiß wie die Wand. »Nein, das glaube ich jetzt nicht. Das ist wegen Peters, oder?«

Martina legte die Urkunde in die Aktentasche und setzte sich zu ihr. »Nicht nur. Ich war schon länger nicht mehr wirklich glücklich. Durch das Angebot der Partnerschaft dachte ich, dass sich das wieder einrenken würde. Aber in den letzten Wochen ist zu viel geschehen.«

Frau Gruber schüttelte den Kopf. »Sie werden mir fehlen, Frau Bäumer.« Sie hatte Tränen in den Augen. »Ich habe gelernt, damit umzugehen, dass er mir gegenüber so bestimmt ist und manchmal sogar unverschämt. Aber dass er Sie jetzt auch noch vertreibt. Das verzeihe ich Dr. Peters nicht.«

Martina rang um Fassung. Sie spürte, wie ihr die Tränen in die Augen stiegen und blinzelte sie rasch weg. »Sie werden mir auch sehr fehlen.«

Frau Gruber räusperte sich und richtete sich auf. »Ich kann Sie verstehen. Wenn ich noch etwas jünger wäre, dann wäre ich auch schon gegangen. Wie oft habe ich darüber nachgedacht. Aber wer will schon eine alte Sekretärin mit knapp sechzig wie mich?«

Martina lachte. »Frau Gruber, Sie sind die gute Seele der Kanzlei. Ich könnte mir das ohne Sie gar nicht vorstellen. Hier würde vieles ohne Sie nicht laufen.«

»Danke.« Ihre Sekretärin schaute leicht beschämt auf ihre Hände.

»Und wenn ich eine eigene Kanzlei hätte, dann würde ich Sie direkt abwerben.«

»Was haben Sie jetzt eigentlich vor, Frau Bäumer?« Ihre Sekretärin sah sie voller Erwartung an.

Martina wurde mulmig. Sie fuhr sich nervös durch die Haare. »Gute Frage. Ganz ehrlich: Ich habe mir noch keine Gedanken darüber gemacht.«

Frau Gruber blicke sie ungläubig an.

»Ich weiß nur eins, so kann es nicht mehr weitergehen. Die nächsten Wochen werde ich mit Stundenabbau und Urlaub überbrücken.« Wieso hatte sie noch nicht an das Danach gedacht? Das war untypisch für sie.

»Dann wünsche ich Ihnen alles Gute, wohin es Sie auch verschlägt.«

»Danke und Sie lassen sich hier nicht unterkriegen. Geben Sie mir Bescheid, wenn Herr Peters im Büro ist.«

Ihre Sekretärin nickte. Sie stand auf. »Mache ich, Frau Bäumer.« Sie öffnete die Tür.

»Frau Gruber.«

»Ja?« Sie drehte sich zu Martina um.

»Sie haben ja auch meine private Nummer. Es würde mich freuen, wenn Sie sich mal bei mir melden.«

Ein Lächeln huschte über das Gesicht ihrer Sekretärin.

»Sehr gern.«

»Ja, bitte?«

Frau Gruber öffnete die Tür. »Herr Dr. Peters wäre jetzt in seinem Büro.«

»Danke.« Martina stand auf und nahm den Briefumschlag mit der Kündigung.

Als sie an Frau Gruber vorbeiging, hielt die Sekretärin ihre Daumen nach oben gestreckt. Martina stand vor dem Büro von Peters. Die Tür war nur angelehnt. Sie atmete tief durch. Dann klopfte sie kräftig an und ging hinein.

Er blickte sie erstaunt an. »Guten Morgen, Frau Bäumer.«

»Guten Morgen. Haben Sie einen Moment für mich?«

Er nickte und zeigte auf die Sessel vor seinem Schreibtisch. »Bitte, was kann ich für Sie tun? Haben Sie es sich doch noch einmal anders überlegt?«

Er meinte wirklich, dass sie wegen seines Urlaubsangebots, besser gesagt der Anordnung gekommen war. Martina schüttelte den Kopf. »Nein, Herr Peters. Der Urlaub wäre nur ein Hinausschieben des Unausweichlichen.«

Er blickte sie über den Mahagonitisch an. »Sprechen Sie

bitte nicht in Rätseln.« Seine Augenbrauen zuckten für einen Moment und zogen sich dann ärgerlich zusammen. »Was meinen Sie?«

»Hier.« Sie reichte ihm den Briefumschlag.

Er sah sie fragend an.

»Ich kündige, natürlich unter Einhaltung der Kündigungsfrist. Wie Sie mir vorgeschlagen haben, nehme ich in der Zwischenzeit Urlaub.«

Peters nahm seine Brille ab und sah sie sprachlos an. Er öffnete den Umschlag und überflog die Kündigung. »Das ist Ihre Entscheidung, Frau Bäumer. Sie müssen wissen, was Sie tun.« Sein Blick war ausdruckslos geworden.

Sie nickte. »Das weiß ich.«

»Dann möchte ich Ihnen keine Steine in den Weg legen. Alle Formalitäten können Sie in den nächsten Tagen mit Frau Gruber klären.« Er stand auf und wandte ihr den Rücken zu. Er hielt sich am Regal mit den Reihen der Gesetzbücher fest.

Ohne ein weiteres Wort stand Martina auf und verließ das Büro. Beim Schließen der Türe blickte sie nochmals zu Peters, der auf einmal deutlich älter und abgekämpft aussah.

Er drehte seinen Kopf zu ihr. »Leben Sie wohl.«

»Sie auch.« Martina schloss hinter sich die Tür.

Martina zog die vergitterte Tür hinter sich zu und trat auf die belebte Einkaufsstraße. Die Geschäftsleute schritten schnell an ihr vorbei. Vor dem Stephansdom stand eine Touristengruppe und lauschte der Stadtführerin. Martina fühlte sich frei. Sie drehte sich nochmals zum Haus um und las auf dem Messingschild *Anwaltskanzlei Dr. Peters*. Wie lange hatte sie sich gewünscht, dass auch ihr Name darauf stehen würde? Oder zumindest *Dr. Peters & Partner*. Sie schüttelte den Kopf. Ihr blieben von den mehr als fünfzehn Jahren eine gefüllte Aktentasche und ein Leinenbeutel. Aber sie konnte jetzt frei entscheiden, was sie machen wollte. Das Gefühl hatte sie das letzte Mal kurz vor ihrem Studienabschluss gehabt.

Der Wind wirbelte ihre Haare durcheinander. Sie lachte. Die Frisur war heute auch nicht mehr wichtig. Sie hatte keine Termine, bei denen ein ordentliches Erscheinungsbild von Nöten war. Unschlüssig blickte sie den vorbeieilenden Leuten nach. An der Ecke war das kleine Café, in dem sie mit Paul vor Kurzem gewesen waren. Ein Kaffee war jetzt genau das Richtige und dabei konnte sie überlegen, wie es weitergehen sollte.

»Ihr Melange.« Die Kellnerin stellte ihr den Kaffee auf den Tisch.

»Vielen Dank.«

Um die Uhrzeit waren nur wenige Besucher im Café. Es war angenehm ruhig. Sie musste Christian Bescheid geben. Doch als sie anrief, ging nur die Mailbox an. Sie wählte die Nummer von Christians Büro.

»Rechtsanwaltskanzlei Dr. Wolf und Partner. Tauber. Guten Morgen.«

»Bäumer. Guten Morgen. Kann ich Herrn Winkler sprechen?«

»Guten Morgen, Frau Bäumer. Das tut mir leid. Er ist in einer Besprechung. Kann ich ihm etwas ausrichten?«

Na, klar. Nicht jeder konnte tun und lassen, was er wollte. »Nein, danke. Dann probiere ich es später nochmals. Auf Wiederhören.«

»Ab zwölf Uhr sollte er erreichbar sein. Auf Wiederhören, Frau Bäumer.«

Martina seufzte innerlich auf. Sie blickte von ihrem Handy auf. Im vorderen Bereich saß ein älteres Paar. Die beiden schienen so vertraut miteinander. Wirkten Christian und sie auch so auf andere Menschen? Sie wusste es nicht. Einen Blick erlaubte sie sich noch zu dem Paar. Die Frau reichte ihm die gerade geschmierte halbe Marmeladensemmel rüber. Starre nicht so, ermahnte Martina sich. Sie schaute auf ihr Handy und schrieb an Christian eine Nachricht. *Hallo Christian, melde dich bitte nach deinem Termin am Handy bei mir. Bis später. Martina.*

Was würde Christian dazu sagen? Er war zwar von der Partnerschaft nicht wirklich begeistert, weil das noch mehr Arbeit und noch weniger Zeit für das Private bedeutet hätte. Aber dass sie direkt ihre Stelle nach so langer Zeit kündigte. Sie war sich nicht sicher. Der Hals schnürte sich ihr zu. Sie trippelte mit dem Fuß. Martina musste mit jemanden darüber sprechen, der sie verstand. Mit einem Klick wählte sie Paul am Handy aus.

»Hallo, Martina. Freut mich, dass du anrufst.«

»Hallo, Paul, hast du eine halbe Stunde Zeit für mich? Kann ich bei dir im Büro vorbeikommen?« Sie merkte, wie sich ihre Stimme überschlug.

»Ist etwas passiert? Geht es dir gut?«

»Ja, mir geht es gut. Ich habe etwas Wichtiges mit dir zu besprechen. Hast du Zeit zum Telefonieren oder kann ich kurz vorbeikommen?«

In der Leitung blieb es für einen Moment still.

»Ja, klar, Martina. Komm bei mir im Büro vorbei. Ich ziehe meine Pause vor.«

»Danke, Paul. Bin in ungefähr zwanzig Minuten bei dir. Bis gleich.«

»Bis gleich.«

Paul würde sie verstehen, warum sie gekündigt hatte. Er war sich immer treu geblieben. Sie gab der Bedienung ein Zeichen.

»Zahlen?«, fragte die Kellnerin sie.

»Ja und packen Sie mir bitte zwei Stück Marmorgugelhupf ein.«

»Ja, bitte.«

Martina öffnete die Tür zu Pauls Büro.

Er sprang vom Sessel auf und kam auf sie zu. Er küsste sie rechts und links auf die Wange. »Du hast mir mit deinem Anruf einen Schrecken eingejagt. Komm herein.«

»Hallo, Paul, beruhige dich bitte. Mir geht es gut.«

Er nahm ihr die Aktentasche und den Leinenbeutel ab. »Du hast leicht reden. Du kommst vollgepackt vormittags in mein Büro spaziert. Ich habe normalerweise Glück, wenn ich dich um diese Uhrzeit überhaupt erreiche.«

Martina ließ sich auf den ersten Sessel des kleinen Besprechungstischs unter dem bunt geknüpften Wandteppich nieder. »Ich habe gekündigt.«

»Du hast was?« Er nahm ihr gegenüber Platz und blickte sie verwirrt an. »Warum? Die Kanzlei und zum Schluss die Partnerschaft, das war doch alles für dich so wichtig.«

»Ja, war es. Und dabei habe ich andere Dinge und vor allem Personen, die mir wichtig sind, vernachlässigt. Sogar wir beide hatten auf einmal Streit.«

Er zog hörbar die Luft ein.

»Du hattest damals nicht ganz unrecht mit dem, was du gesagt hast.« Martina atmete tief durch. Sie hielt seinem Blick stand. »Paul, es tut mir wirklich leid, dass ich dich damals so angegangen bin. Ich weiß gar nicht, was in mich gefahren ist.«

Er nickte. »Es ist gut. Wir vergessen es.« Er spielte mit dem Henkel des Leinenbeutels. »Ich glaube, wir brauchen jetzt beide einen Kaffee.«

»Gerne, ich hatte es ganz vergessen. Ich habe zum Kaffee Gugelhupf mitgebracht.«

»Du kennst mich gut.« Paul lachte und fasste sich an seinen Bauch. »Du kannst mich gerne häufiger besuchen kommen.«

Martina zwinkerte ihm zu. Aber sie war noch nicht fertig. »Paul, danke, dass du so offen zu mir warst.«

»Echte Freunde sagen sich die Wahrheit, auch wenn sie manchmal wehtut. Du lagst nicht zu hundert Prozent falsch. Ich habe mich hierher auch zurückgezogen.«

Martina blickte ihn erstaunt an. Was meinte er damit?

Paul stand auf. »Jetzt hole ich uns beiden mal einen Kaffee und dann erzählst du mir, wie es zu der Kündigung kam.« Er verließ das Büro.

Martina überlegte, wie sie Christian die Kündigung erklären sollte. Zuvor war er am Handy nur kurz angebunden und meinte, dass sie das beim Essen besprechen würden. Sie bog von der Seitengasse in die Landstraße ein und sah das Restaurant. Christian stand bereits vor dem Eingang von *Antonio.*

»Hi, bin ich zu spät dran?«

Er schüttelte den Kopf. »Nein, dieses Mal war ich zu früh. Ich bessere mich.« Er lachte sie an, zog sie zu sich und küsste sie.

Sie fühlte seine Wärme auf ihr.

Die Tür vom Restaurant öffnete sich und zwei Männer kamen heraus. Einer von beiden hielte ihnen die Tür auf.

»Danke. Nach dir«, sagte Christian.

Martina konnte gar nicht glauben, dass sie zurück im *Antonio* waren. Die dezenten herabhängenden Lampen tauchten den Raum in warmes Licht und ließen das dunkle Holz sacht schimmern. Auf schwarzen Schieferplatten standen die Speisen angeschrieben. Im hinteren Teil gab es nun eine großzügige Bar. Dort war auch Antonio. Martina schmunzelte. Er hatte sich nicht verändert und lief quirlig hin und her.

Antonio sah zu ihnen rüber und kam zu ihnen. »Guten Abend, es freut mich sehr, Sie beide wieder als Gäste begrüßen zu dürfen.«

»Wir haben Sie vermisst, Antonio. Nicht wahr, Martina?«

»Ja und nicht nur das Essen. Ihr Restaurant ist sehr schön geworden.«

Antonio strahlte über das ganze Gesicht. »Das freut mich.« Er blickte ins Reservierungsbuch. »Tisch Nummer fünf. Der ist gleich hier rechts beim Fenster. Nehmen Sie Platz. Ich komme dann gleich zu Ihnen.«

»Danke.« Christian nahm ihr den Mantel ab.

Sie setzte sich und blickte sich im Restaurant um. Christian riss sie aus den Gedanken.

»Jetzt erzähle mal. Vorhin am Handy hat ein Kollege auf mich gewartet und ich war nur mit einem Ohr dabei.«

»Eigentlich weißt du schon alles. Ich habe Peters heute Morgen die Kündigung überreicht und habe die Kanzlei mit meinen Sachen verlassen.«

»Ja, aber warum? Und von einem Tag auf den anderen?«

Antonio räusperte sich. Martina und Christian sahen auf. Sie hatten ihn beide nicht kommen gesehen.

»Was darf ich Ihnen zum Trinken bringen?«

»Wollen wir uns eine Flasche Rotwein teilen, Martina?«

»Gerne«, erwiderte sie.

»Dann nehmen wir einmal den trockenen Bardolino und eine große Flasche stilles Wasser dazu.«

»Kommt sofort.«

Christian blickte sie erwartungsvoll an.

»Eigentlich war ich länger schon nicht mehr glücklich in der Kanzlei. Der Stress und der Druck wurden immer größer. Aber ich wusste ja, dass Peters mir bald die Partnerschaft anbieten wollte. Darauf habe ich so lange und so hart hingearbeitet. Doch in den letzten Wochen hat sich vieles verändert und mir wurde klar, dass ich das nicht mehr möchte. Gestern hatte man mir noch den Fall Schindler entzogen.«

Antonio kam mit einem Tablett zurück.

Fachmännisch öffnete er die Flasche vor ihnen, schenkte einen Schluck in ein Weinglas und reichte es Christian.

»Sie ist die Expertin bei Rotwein.« Christian gab das Glas an Martina weiter.

Sie probierte. Der Wein hinterließ einen fruchtigen und spritzigen Geschmack, so wie sie es liebte. Mit einem Nicken stimmte sie zu. »Sehr gerne.«

Antonio befüllte ihre Weingläser. »Haben Sie sich schon für ein Menü entschieden?«

Martina schüttelte den Kopf.

»Antonio, was können Sie uns empfehlen?«, fragte Christian ihn.

»Als Vorspeise empfehle ich den Insalata Caprese oder das Carpaccio di Manzo. Als Hauptgericht haben wir heute Pollo alla cacciatore. Das würde sehr gut zum Rotwein passen oder Spaghetti aglio é olio. Und als Nachspeise das hausgemachte Tiramisu.«

»Was nimmst du, Martina?«

»Antonio, bei Ihnen schmeckt immer alles so gut, dass die Auswahl sehr schwierig ist. Aber ich entscheide mich für das Carpaccio di Manzo und Ihre Empfehlung, das Pollo alla Cacciatore.«

»Ausgezeichnete Wahl. Was möchte der Herr?«

»Ich schließe mich der Dame an.«

»Sehr gern.«

Als Antonio aus ihrer Hörweite war, beugte sich Christian über den Tisch zu ihr und sah ihr in die Augen. »Warum hast du vorher nicht mit mir gesprochen? Wir möchten uns doch etwas Gemeinsames aufbauen. Fünfzehn Jahre arbeitest du in der Kanzlei und dann kündigst du, ohne es mit mir zu besprechen?«

Sie sah die Enttäuschung in seinen Augen. Ihr wurde bewusst, dass sie die Entscheidung für sich getroffen hatte und ihn außen vor ließ. Es gab ihr einen Stich ins Herz. »Es tut mir leid. Das war mir nicht so bewusst. Heute Nacht habe ich kaum geschlafen und gemerkt, dass es so nicht weitergehen kann. Ich werde immer mehr isoliert und ich will auch nicht mehr um eine Partnerschaft kämpfen, die dann für uns noch weniger Zeit bedeuten würde.«

Er nickte.

Es beunruhigte sie, dass er nichts sagte. »Auch Paul meinte, dass es richtig ist, neue Wege zu gehen.«

Christian schüttelte den Kopf. »Paul«, sagte er geringschätzig.

Martina biss sich auf die Lippen. Musste ihr das mit Paul wirklich rausrutschen?

Christian leerte sein halb volles Weinglas mit wenigen Schlucken. Er rieb sich am Kinn.

Sie legte ihre Hand auf seinen Arm. »Es tut mir leid, dass ich vor der Kündigung nicht mit dir gesprochen habe. Aber ich habe versucht, dich direkt danach zu erreichen.«

Er hielt das Glas noch immer in der Hand und blickte sie nicht an.

»Ich habe so lange alles für mich entschieden, dass ich auch hier meinte, dass die Kündigung das Beste ist. Ich wollte dich damit nicht hintergehen oder sonst etwas.« Sie verstummte, da Antonio mit zwei Tellern auf sie zukam.

»Zweimal das Carpaccio di Manzo.« Er servierte ihnen die Vorspeise auf den Tisch. »Buon appetito.«

»Danke.« Martina lächelte ihn an.

Christian zog seinen Arm unter ihrer Berührung weg. Er nahm ihre Hand in seine und sah ihr in die Augen. »Ich kann dich verstehen. Ich will dir auch nichts vorschreiben. Lass uns die Wege nur gemeinsam gehen und über wichtige Entscheidungen vorher sprechen. Wir sind ein Team.«

Sie nickte.

Er küsste ihren Handrücken. »Ich wünsche dir einen guten Appetit und wer weiß, wohin uns deine Entscheidung noch führt.«

20

Christian blickte auf sein Handy. »Schon kurz nach acht. Ich muss bald los.« Er stand auf und griff nach seinem Teller.

»Lass stehen. Geh ruhig ins Bad. Ich habe ja heute Zeit.«

»Danke.« Im Vorbeigehen küsste er ihr Haar.

Martina lehnte sich am Sessel zurück und streckte sich. Aus dem Bad hörte sie das Brummen des Rasierers. Sie fasste sich an die Wange und konnte seine Bartstoppeln noch auf ihrer Haut spüren. Er hatte sich heute Morgen im Bett zu ihr hinübergebeugt und sie genau dorthin geküsst. Sehnsucht breitete sich in ihr aus.

Christians Handy klingelte. Sie hörte seine Stimme. Martina stand auf, räumte den Frühstückstisch ab und stellte das Geschirr in die Spülmaschine. Bis auf ihre Tasse. Ein Kaffee noch, konnte nicht schaden.

Christian kam auf sie zu. »Ich muss los.«

»Ich lasse dich schnell raus.« Sie ging mit ihm ins Vorzimmer. »Wünsche dir einen schönen Tag und nicht allzu viel Stress.«

»Dir auch. Freue mich auf heute Abend.« Er schmunzelte.

»Was ist denn?«

Er öffnete die Tür. »Du bist schon eine richtige Hausfrau. Räumst den Tisch ab, begleitest mich zu Tür.« Er zwinkerte ihr schelmisch zu.

»Davon träumst du wohl.« Sie lachte. Auf Gedanken kam er.

Christian war bereits auf den Stiegen und drehte sich zu ihr um. »Wenn du wüsstest, von was ich alles träume.« Er schickte ihr einen Luftkuss und lief die Stiegen hinab.

Martina ging in das Arbeitszimmer, wo sie gestern ihre Aktentasche und den Leinenbeutel achtlos hingestellt hatte. Sie räumte ihre Fotos und ihre Lieblingstasse weg. Was sollte sie mit ihren gerahmten Urkunden tun? Nein, die wollte sie hier nicht aufhängen. Martina räumte sie mit den anderen Sachen in den Büroschrank. Die leere Aktentasche lag neben ihr. Ein Geschenk von Christian zu ihrem ersten Arbeitstag in der Kanzlei. An manchen Stellen war das Leder schon leicht abgewetzt. Aber sie liebte das alte Ding.

Martina blickte auf die Uhr. Es war erst kurz vor zehn. Dann konnte sie die Zeit nutzen, um den Stapel Unterlagen auf dem Schreibtisch durchzusehen. Wie lange hatte sie keine Ordnung mehr geschafft? Normalerweise blickte sie die Post nur kurz durch, überwies die Rechnungen, schmiss die Werbung weg und alles andere kam für später auf den Ablagestapel. Was würden ihre Mandanten dazu sagen? Ihr Magen antwortete mit einem schmerzhaften Ziehen. Nein, nicht an die Arbeit denken. Das kam früh genug.

Stattdessen sortierte Martina die aktuellen Informationen ihrer Versicherungen und die Betriebskostenabrechnung in die Ordner. Sie seufzte. Geschafft. Ein leerer Schreibtisch. Sie überlegte, ob sie noch etwas vergessen hatte. Nein, sie hatte alles erledigt. Ein Gefühl der Erleichterung machte sich in ihr breit.

Martina kam vollgepackt mit zwei Einkaufstaschen aus dem Supermarkt. Sie wunderte sich, wie voll es am Nachmittag war. Um diese Uhrzeit war sie sonst in der Kanzlei oder bei Gericht. Wie viele Leute in ihrem Alter hatten um diese Zeit frei?

Sie überquerte die Hauptstraße und ging beim Café Hofbauer vorbei. Die Tische waren gut gefüllt mit älteren Personen, die bei Kaffee und Torte saßen. Manche Männer auch bereits mit einem Glas Bier. Mütter mit ihren Kindern kamen ihr entgegen. Alle um sie herum hatten ein Ziel und waren beschäftigt. Und sie? Martina fühlte sich fehl am Platz.

Martina räumte den Einkauf weg. Für ihre Verhältnisse platzte der Kühlschrank fast aus allen Nähten. Sie stellte die Kaffeemaschine an. Der Duft erinnerte sie an den schönen Nachmittag, an dem ihr Vater mit der alten Mokkamaschine Kaffee für sie gebrüht hatte. Sie freute sich bereits darauf, ihn am Freitag wiederzusehen. Den Gedanken an ihre Mutter schob sie zur Seite.

Der piepsende Signalton der Kaffeemaschine riss sie aus ihren Gedanken. Einen Schluck Kaffee und dann würde sie mit dem Pesto beginnen.

Sie wählte eine Playlist mit Filmhits am Handy aus und zündete die herbstliche Kugelkerze auf dem Esstisch an. Das warme Licht und die Musik erfüllten den Raum.

Martina ging zur Spüle. Sie zupfte die Basilikumtöpfe ab und wusch die grünen Blätter. Die wurden mit frischem Knoblauch, Pinienkernen und Meersalz vermischt und dann im Mixer verkleinert. Der Geruch von frischen Basilikum und Knoblauch stieg ihr in die Nase. Sie gab den geriebenen Parmesan und das Olivenöl dazu und vermischte es zu einem Pesto. Martina probierte eine Messerspitze. Sie hielt den Atem an. Ja, Knoblauch war definitiv drin. Gut, dass Christian den auch mochte.

Sie blickte auf die Uhr. Eine Stunde noch, bevor er von der Arbeit kam. Dann konnte sie in der Zwischenzeit duschen gehen. Der Tag war wie im Flug vergangen, obwohl sie nicht in der Kanzlei gewesen war, stellte sie verwundert fest.

»Vielen Dank für das köstliche Essen.« Christian legte seine Gabel auf den Teller und lehnte sich im Sessel zurück. Er legte seine Hände auf den Bauch.

»Freut mich, dass es dir geschmeckt hat. Ich hatte schon die Befürchtung, dass ich es mit dem Knoblauch zu gut gemeint habe.«

»Wieso? Du hast ihn ja auch gegessen.« Er zwinkerte ihr zu. »Oder hast du heute Abend noch ein Date mit einem anderen?«

Martina schüttelte den Kopf und lachte. »Heute nicht.«

»Einen Tag frei und schon hat sie Flausen im Kopf.« Er nahm die Rotweinflasche und schenkte sich nach. »Möchtest du auch?«

»Nein, später vielleicht.« Sie blickte auf ihr halb volles Glas. Halbvoll oder halb leer? Sie spürte den Blick von Christian auf ihr und sah auf.

»Wo warst du mit deinen Gedanken?«, fragte Christian sie.

»Bei uns. Ich fühle mich sehr wohl damit, wie sich das gerade entwickelt.«

Seine grünen Augen strahlten sie an. »Ich auch.« Er legte seine Hand auf ihre. »Mit dir zu Hause zu sein und die Zeit zu zweit zu verbringen, dass bedeutet mir sehr viel.«

Martina nickte. Nicht nur sie, auch er hatte sich verändert. Bis vor Kurzem hatte er die Paare, die lieber zu zweit zu Hause blieben, belächelt. Sie streckte sich. »Komm, wir lassen alles stehen und machen es uns auf der Couch gemütlich.«

Christian nickte, stand auf und zog sie sanft vom Sessel zu sich hoch.

Martina lag mit ihrem Kopf auf Christians Oberschenkel.

Er streichelte zärtlich ihren Rücken. »Wäre jetzt nicht der richtige Zeitpunkt?«

Warum fing er nur jetzt wieder davon an? Sie richtete sich auf und tat ahnungslos. »Was meinst du?«

Christian rieb sich über das Kinn. Er wirkte rastlos auf sie. »Du weißt genau, was ich mir wünsche. Wenn wir jetzt nicht ernsthaft an eine eigene Familie denken, wann dann? Bisher war die Arbeit immer der Grund, aber was ist es jetzt, was uns daran hindert?« Sein Blick war müde.

Sie nickte.

»Ich habe Angst, dass wir zu lange warten und es immer wieder aufs Neue hinausschieben, bis es irgendwann zu spät ist. Bei einem Kollegen und auch bei Andreas habe ich das schon mitbekommen.« Er sah sie mit einem innigen Blick an. »Martina, ich möchte nicht, dass uns das auch passiert.«

»Ich hätte auch gerne eine Familie mit dir, wirklich Christian.«

Er atmete erleichtert auf. »Was spricht dann noch dagegen? Warum zögerst du?«

»Wollten wir nicht zuerst zusammenziehen und dann weitersehen?« Sie sah die Enttäuschung in seinen Augen. Es schmerzte sie, ihn so zu sehen. »Was hältst du davon, wenn du den Makler anrufst und wir uns am Samstag erste Häuser ansehen?«

Christian richtete sich abrupt auf. »Dann muss ich mich wohl beeilen. Ich telefoniere morgen gleich in der Früh mit ihm.« Er nahm sie in den Arm.

Martina schmiegte sich an ihn. Sie hatte Tränen in den Augen.

21

Martina saß am Esstisch und stützte ihren Kopf mit der linken Hand ab. Lustlos drehte sie mit der Gabel ein paar Spaghetti mit Pesto vom Vorabend zusammen. Ihr fiel der Satz von Frau Gruber zum Abschied ein. *Was haben Sie jetzt eigentlich vor, Frau Bäumer?* Martina legte die Gabel zu Seite. Vor Anspannung brachte sie keinen weiteren Bissen hinunter. Ihr war der Appetit vergangen. So weit hatte sie nicht gedacht. Es war richtig gewesen, zu kündigen, daran gab es keinen Zweifel. Aber wie konnte sie keinen Plan B haben? Für Christian war die Sache klar. Doch sie konnte ihm seinen, nein, ihren gemeinsamen Wunsch nach einer gemeinsamen Familie nicht erfüllen. Dafür war es jetzt zu spät. Was würde sie dafür geben, die Dinge ungeschehen zu machen? Martina vergrub ihren Kopf in den Händen. Sie musste es ihm sagen. Er hatte das Recht dazu. Ein kalter Schauer lief ihr den Rücken hinab. Sie hatte Angst, ihn zu verlieren.

Und jetzt? Sie trank hastig ihr Glas Wasser aus und stand auf. Es gab kein Zurück. Wie sollte es jetzt nur weitergehen? Sie musste einen klaren Kopf bekommen. Die Sonne strahlte durch die Dachfenster herein und sie sah die dünne Staubschicht auf dem Parkett. Sie wünschte, sie könnte ihre Angst mit dem Staub wegwischen. Martina blickte sich um. Die Decke lag noch zusammengeknüllt auf der Couch. Das Geschirr stand in der Küche und im Vorzimmer stapelten sich die Prospekte. Sie seufzte. Die Wohnung hatte es bitter nötig. Christian schlich sich wieder in ihre Gedanken. Sie schüttelte den Kopf, sie musste sich ablenken. Martina stand auf, stellte den Geschirrspüler an, wischte den Boden und räumte auf. Ihr Handy klingelte. Wo hatte sie es nur hingelegt? Aus dem Schlafzimmer kam das Läuten.

»Bäumer.« Sie schnappte nach Luft.

»Wobei habe ich dich gerade gestört?«, fragte Christian sie.

Sie ließ sich auf die Bettkante sacken. »Ich habe gerade aufgeräumt. Es sah hier furchtbar aus.«

»Ach so.« Christian lachte.

»Jetzt nur keinen falschen Spruch.«

»Ich doch nicht. Eine Frage, ich habe mit dem Makler gesprochen. Er könnte uns am Samstag ab neun Uhr drei interessante Häuser zeigen. Ist das bei dir möglich?«

Wie sollte es nicht passen? Sie hatte keine Termine mehr. »Ja, klar. Samstag habe ich nichts vor.«

»Gut zu wissen. Dann halte dir den Tag mal frei. Einverstanden?«

»Einverstanden, was haben wir am Samstag sonst noch vor?«

Christian zögerte einen Moment. »Das wird nicht verraten. Aber ich freue mich schon.«

»Ich mich auch. Dann hoffe ich, dass du nicht allzu lange mehr arbeiten musst.«

»Danke. Mache dir einen schönen Abend, Martina. Ich melde mich nachher nochmals, wenn es nicht zu spät wird.«

»Bis dann.«

Sie legte auf. Was sollte sie mit dem angebrochenen Abend machen? Sie ging ins Wohnzimmer und durchwühlte die Schublade mit den DVDs. Nein, auf einen Film hatte sie heute keine Lust. Sie nahm ihr Handy und rief Paul an.

»Hier ist die Mailbox von Paul Hofmeister.«

Sie stöhnte auf und legte das Handy zur Seite. Das konnte noch interessant werden, wenn sie sich schon am zweiten freien Tag langweilte. Sie war noch drei Monate freigestellt. Martina blickte auf die kahlen Wände. Wenn sie noch länger hier wohnen würde, dann hätte sie etwas Schönes und Gemütliches aus ihrer Wohnung machen können. Jetzt hatte sie Zeit, aber es war zu spät.

Martina bog in den Durchgang zum Gemeindebau ihrer Eltern ein. Der Lärm der vorbeifahrenden Autos ließ nach. Dafür hörte sie die schrille Stimme der Hausmeisterin. Martina seufzte innerlich. Frau Lendinger würde sich nie ändern.

Sie stand beim offenen Fenster mit ihrer Schürze und fuchtelte wild mit ihren Händen in Richtung einer jüngeren

Frau, die einen kleinen Jungen an der Hand hielt. »Das ist kein Abstellplatz. Er kann sein Fahrrad nicht überall hinstellen, wo er will.«

»Guten Tag, Frau Lendinger«, unterbrach Martina ihre Schimpftirade.

Die Hausmeisterin schaute einen Moment zu ihr. »Guten Tag, Frau Bäumer.« Sie drehte sich wieder zu der Frau um. »Wenn das noch einmal passiert, dann …«, fuhr sie fort.

Martina war froh, dass die Haustür surrte und aufsprang. So musste sie sich das Geschimpfe nicht länger anhören. Die arme Frau, die ganz erschlagen mit dem Jungen dastand.

»Hallo, Martina, schön, dass du da bist.« Ihr Vater lächelte sie an. »Ich habe dich letzte Woche vermisst.«

Sie umarmte ihn beim Hineingehen. »Tut mir leid, dass ich nicht kommen konnte.«

»Mache dir keinen Kopf. Mama hat mir ja Bescheid gegeben. Habe halt eine erfolgreiche und viel beschäftigte Tochter.« Er nahm ihr den Mantel ab.

»Danke.« Was hatte ihre Mutter ihm bloß wieder erzählt? Nein, sie wollte es gar nicht wissen.

»Komm rein.« Ihr Vater öffnete die Tür zum Wohnzimmer. »Wir wollen uns hier ja nicht die Beine im Bauch stehen.«

Sie lachte. »Nein, natürlich nicht. Es ist schön, dich wiederzusehen. Zwei Wochen sind wirklich zu lang.«

»Das finde ich auch«, erwiderte er.

Ihre Mutter saß beim Esstisch.

»Hallo, Mama.«

»Hallo, Martina, setzt euch doch zu mir.«

Ihre Mutter musterte sie mit besorgtem Blick. »Ist alles gut bei dir? In Jeans und Pullover. Kommst du heute nicht aus der Kanzlei?«

Martina fuhr sich mit der Hand durch die Haare. »Nein, ich war heute nicht im Büro.«

Jetzt blickte auch ihr Vater auf und sah sie erwartungsvoll an. »Habe mich schon gewundert, weil es noch so früh ist. Aber was heißt das, du warst nicht in der Kanzlei? Du bist doch quasi mit der Arbeit verheiratet.«

Martina wendete den Blick ab. »Ich habe gekündigt. Ich werde nicht mehr in die Kanzlei gehen.«

»Wie bitte? Wie stellst du dir das vor?«, unterbrach ihr Vater sie. »Was willst du jetzt machen?«

Ihre Knie begannen zu zittern. Sie sah ihren Vater an.

»Ich weiß es noch nicht. Aber es konnte so nicht mehr weitergehen.«

Ihre Mutter schlug mit der Hand auf den Tisch. Die Gläser klirrten. Sie blickte Martina mit einem eisigen und starren Blick an. »Du konntest nicht mehr. Für was war denn dann alles? Das ganze Gerede. Du hast dir doch eingebildet, studieren zu müssen und ewig die Ausbildung zu machen, bis du endlich fertig warst. Und jetzt?«

Martina stockte der Atem. »Ich kann es dir noch nicht sagen.«

»Du schmeißt alles hin und weißt nicht einmal, wie es weitergeht. Was ist eigentlich mit dir los?«, fragte ihre Mutter sie.

»Lass es mal gut sein, Anna.« Ihr Vater hob abwehrend die Hand. »Was ist denn passiert, Martina, dass du alles hinwirfst? Das machst du doch sonst nicht. Du kämpfst dich immer durch.«

Ihre Mutter schnaubte verächtlich. Sie stand auf und zog die Tür mit einem lauten Ruck hinter sich zu. Martina zuckte zusammen.

Ihr Vater räusperte sich. »Du kennst sie ja. Sie beruhigt sich wieder.«

Martina nickte. »Wahrscheinlich hast du recht.« Die Worte ihrer Mutter halten in ihr nach. Ihr lief ein Schauer über den Rücken. Dieser Ausbruch eben war sogar für ihre Mutter ungewöhnlich.

Ihr Vater sah sie fragend an, die Sorge stand in seinem Blick.

»Ich habe doch vor ein paar Wochen einen wichtigen Fall verloren. Daraufhin hat Peters mir die Berufung entzogen. Meger und mir hat er ein paar Tage später mitgeteilt, dass er sich doch keine Partnerschaft in der Kanzlei vorstellen konnte.« Sie atmete tief durch, als sie sich an das Gespräch in Peters Büro erinnerte.

»Und?«, hakte ihr Vater nach.

»Peters hat mich immer mehr isoliert und mir eine Standpauke gehalten. Er wollte mich in den Urlaub schicken. Ich habe abgelehnt und dann ist es immer schlimmer geworden.«

Martina starrte die geblümte Tischdecke an. Draußen waren Kinderstimmen zu hören und das Klappern von Türen im Stiegenhaus. Die gediegene Kanzlei in der Innenstadt schien unendlich weit weg.

Ihr Vater runzelte die Stirn. »Das ist ziemlich heftig. Aber deshalb gibst du doch nicht so schnell auf?« Er rückte zu ihr und legte seine Hand auf ihre Schulter. Die liebevolle Berührung tat ihr gut.

»Nein, natürlich nicht. Ich habe noch härter gearbeitet, Tag und Nacht am nächsten Fall. Habe auch mit Christian gestritten, da ich ihm mehrmals abgesagt habe oder keine Zeit hatte.« Sie fuhr sich durch die Haare. »Kurz vor dem Prozess vom Schindler kam der Meger in mein Büro, grinste mich an und sagte, ab jetzt wäre es sein Fall. Peters würde es so wollen. Der Meger konnte seine Freude nicht verbergen.« Sie brach ab, rang um Worte und zwang dann heraus: »Papa, ich möchte nicht jeden Tag kämpfen müssen. Ich kann einfach nicht mehr.« Sie schluckte. Ihr kamen die Tränen.

Ihr Vater umarmte sie und drückte sie an sich.

Die Tränen liefen ihr über das Gesicht. Sie vergrub ihr Gesicht in seinem Pullover.

Er strich ihr über die Haare. »Wir finden gemeinsam eine Lösung. Ich kann dir mit Peters und der Arbeit nicht so helfen wie früher, als du noch mein kleines Mädchen warst. Aber ich bin immer für dich da. Mama auch. Sie wird sich wieder beruhigen.« Er reichte ihr eine Packung Taschentücher.

»Danke, Papa. Ich bin froh, dass ich dich habe. Ich muss mir erst selbst klar werden, was ich möchte und wie es weitergeht.«

»Du weißt, du kannst immer zu mir kommen. Egal, was ist.«

22

Martina saß Christian am Tisch im Leopoldina gegenüber. Die Kellnerin zündete die beiden Kerzen am Tisch an.

»Du sitzt viel zu weit von mir weg.« Christian stand auf und setzte sich an Martinas Seite. Sie spürte sein Knie an ihrem. Sie lächelte ihn an.

Christian nahm ihre Hände in seine. »Heute war ein schöner Tag.« Er rieb sich am Kinn und umfasste wieder ihr Hände. »Ein Tag, der mir immer in Erinnerung bleiben wird.«

Was meinte Christian damit? Seine Worte und Blicke verunsicherten sie.

»Der Aperitif.« Die Kellnerin stellte zwei Sektkelche Gin-Sparkle mit je einem Rosmarinzweig dekoriert vor ihnen auf den Tisch.

Martina nahm ihr Glas und stieß mit Christian an. »Auf uns beide.«

»Auf uns.«

Der Prosecco perlte auf ihrer Zunge. Sie nahm noch einen Schluck. Ihr Magen krampfte sich zusammen. »Es waren heute viele Eindrücke. Was sagst du zu den Häusern? Der Makler war etwas übereifrig.«

Christian lachte. »Vielleicht wollte er uns mit seiner Begeisterung anstecken?«

»Das kann gut sein«, stimmte Martina ihm zu.

»Das zweite Haus an der Straße, da war viel Lärm für einen Samstag. Ich möchte nicht wissen, wie es da unter der Woche zugeht. Das Haus neben dem Café hat mir gefallen.«

Martina nickte.

»Für uns beide würde der Platz schon reichen, Martina. Aber wir wollen ja nicht zu zweit bleiben.« Er zwinkerte ihr zu.

Ihr Magen zog sich stärker zusammen. Nicht schon wieder das Thema. »Mir hat das letzte Haus mit dem schönen Ausblick am besten gefallen. Der Hang stört mich nicht.«

»Und dort hätten wir Platz genug«, ergänzte Christian. Er blickte sie besorgt an. »Ist alles in Ordnung? Du bist auf einmal so blass.«

»Ja, alles gut. War heute nur ein wenig viel.«

Christian nickte. »Dann entspannen wir uns jetzt bei einem guten Essen.« Er überlegte einen Moment. »Wenn uns beiden das Haus gut gefällt, dann kann ich beim Makler mal wegen der Preisspanne und den Details nachfragen.«

Sie legte ihre Hand auf seinen Arm. »Das kannst du machen, aber ganz unverbindlich.«

Seine Augenbraue zuckte in die Höhe.

»Es ist eine wichtige Entscheidung. Lass uns das gut überdenken«, fuhr sie fort.

Die Kellnerin servierte ihnen das Beef Tatar als Vorspeise.

»Ich wünsche Ihnen einen guten Appetit.«

»Danke«, antwortete Martina.

Christian nickte der Kellnerin zu. Er sah Martina nachdenklich an. »Zumindest ist es kein kategorisches Nein. Ein paar Tage Bedenkzeit können wirklich nicht schaden.«

Martina probierte von der Vorspeise. Das Rindfleisch zerging ihr auf der Zunge. Nach Christians Mimik zu schließen, genoss er das Essen auch.

»Habe ich dir zu viel versprochen?«

»Nein, es schmeckt sehr gut. Ich habe selten so ein gutes Beef Tatar gegessen.«

Er strich sanft über ihren Oberschenkel. »Nutzen wir es aus. Bald werden wir die Abende daheim verbringen. Das Haus hat Platz für eine halbe Fußballmannschaft.« Er lachte. »Zur Not verzichte ich auch auf mein Büro.«

Martina verzog ihr Gesicht zu einem bemühten Lächeln.

»Martina, warum bist du heute Abend so ernst. Entspanne dich.«

Sie nickte. »Es ist spät geworden. Das ist alles.« Sie schnitt sich ein Stück Rinderfilet ab und kaute lustlos darauf herum. Es war hervorragend zubereitet, aber der Appetit war ihr vergangen. Sie musste mit ihm sprechen und ihm alles sagen. Unauffällig sah sie sich in dem Lokal mit den kleinen Tischen um, wo überall Paare im Kerzenschein saßen. Nicht jetzt und nicht hier.

»Martina?«

»Ja? Entschuldige, ich war im Gedanken.«

»Wer lenkt dich von mir ab? Ich habe dich gefragt, ob wir wegen der Finanzierung mit der Bank vorab schon alles regeln wollen. Soll ich einen Termin für uns vereinbaren?«

Martina setzte sich abrupt auf. »Können wir nicht einfach nur den Abend genießen, statt alles auf einmal zu planen?«

Er sah aus, als hätte ihn eine kalte Dusche erwischt. Doch dann nickte er, schob sein Weinglas zur Seite und gab der Kellnerin ein Zeichen. »Ein Mineralwasser für mich bitte.«

»Was ist eigentlich los, Martina?« Er stand ihr bei der Kücheninsel gegenüber.

»Was meinst du?« Sie verlagerte ihr Gewicht unruhig von einem Bein auf das andere.

»Weiche mir bitte nicht wieder aus. Den ganzen Abend über kam kaum ein Wort von dir. Und wenn, dann keine eindeutige Antwort.«

Martina ließ sich erschöpft auf den Sessel am Küchentisch fallen. Warum setzte er sie so unter Druck? »Was willst du, Christian?«

Er stöhnte laut auf, fuhr sich durch die Haare. »Was ich will?« Er warf sein Sakko auf den Sessel und setzte sich neben Martina. »Dich.«

»Das will ich doch auch.«

Er nahm ihre Hände in seine und legte sie auf seine Knie. Christian beugte sich zu ihr. »Das ist doch schon mal ein

Anfang.« Sanft strich er ihr die Haarsträhne hinter das Ohr und fuhr ihr zärtlich über die kleine Narbe am Hals. »Ich will dich und nicht nur dich.«

Sie zuckte zusammen.

Er sah sie für einen Moment erstaunt an. »Ich möchte nicht mehr länger warten. Ich möchte endlich, dass wir zu dritt oder viert sind. Wenn ich denke, wie schön es wäre, ein kleines Mädchen oder einen Jungen mit deinen Augen an unserem Tisch zu haben. Wir als Familie.«

»Das geht nicht.« Sie zog ihre Hände ruckhaft zurück. »Das geht einfach nicht.«

Christian stand auf. »Verdammt Martina, ich sage dir, dass ich dich liebe und dass ich mit dir Kinder will. Und du sagst nur, das geht einfach nicht.« Er stützte sich auf der Kücheninsel ab und schüttelte den Kopf.

»Christian.« Martina wollte ihn beruhigen.

»Liebst du mich überhaupt noch oder was ist mit dir los?« Er sah sie verzweifelt an.

Martina verbarg den Kopf in ihren Händen.

»Was ist los?«, wiederholte Christian seine Frage.

»Hör auf! Ich kann keine Kinder bekommen. Bist du jetzt zufrieden!«

Christian ließ sich auf den Sessel sacken. »Was heißt das?« Er fuhr sich mit der Hand über das Gesicht und stützte seinen Kopf ab. »Seit wann weißt du es?«

Martina schluckte. Warum war ihr das nur rausgerutscht?

Ihr Magen überschlug sich. »Ich weiß das schon länger.« Ihre Hände zitterten. Sie atmete tief durch.

Er sah sie verwirrt an. »Warum. Warum nur?«

Sie umfasste seinen Unterarm mit ihrer Hand.

Christian schüttelte sie ab. »Warum?«

»Ich kann seit der Abtreibung keine Kinder mehr bekommen.«

Er hob den Kopf und blickte ihr direkt in die Augen. »Welche Abtreibung? Martina, was verschweigst du mir?«

Martina wendete ihren Blick von Christian ab. »Es war vor vierzehn Jahren.«

Es war für einen Moment still im Raum.

»Da waren wir bereits zusammen.« Seine Stimme brach. Er räusperte sich.

Sie traute sich nicht, ihn anzusehen. »Ja, es war unser Kind.«

Er sprang auf. Das Sesselgestell klirrte auf dem Parkettboden. »Du hast unser Kind abgetrieben? Und es mir verheimlicht! Wie konntest du das nur tun? Es war auch mein Kind!«, fuhr er sie wütend an.

»Christian, bitte beruhige dich. Ich wollte doch nur …«

»Du wolltest nur …?« Er riss sein Sakko vom Sessel. »Was wolltest du? Jedenfalls kein Kind mit mir. War ich dir nicht gut genug? So wie meinen Eltern. Hast du dir einen besseren Vater für dein Kind gewünscht?«

Sie schüttelte den Kopf, jedes Wort blieb ihr in der Kehle stecken.

»Was dann? Sieh mich an!«

Martina blickte in seine eisigen Augen. Sie bekam eine Gänsehaut. »Wir hatten beide gerade erst in den Kanzleien gestartet«, sagte sie beschwörend.

»Und da hätte ein Kind deine Karrierepläne gestört? Oder was? Ich fasse es nicht!«

Martina stand auf und trat auf Christian zu.

Er wich zurück. »Bleib stehen. Ich Idiot.« Er zupfte am Sakko herum und zog eine kleine schwarze Box aus der Tasche. »Ich dachte, wir lieben uns.« Er klappte die Box auf.

Martina stockte der Atem, als sie den Ring sah.

»Ich wollte mit dir eine Familie und dich fragen … egal.« Er schloss die Schmuckbox und stellte sie auf die Kücheninsel.

»Christian«, flüsterte sie.

»Nichts Christian.« Er zog den Schlüsselbund aus der Hosentasche heraus und nestelte daran herum. Seine Hände zitterten, seine Finger rutschten immer wieder an dem Ring ab. »Es ist aus. Wie konntest du das nur tun? Wie konntest du mich nur so hintergehen?« Er schleuderte den Wohnungsschlüssel in die Spüle. Es klirrte und ein Weinglas zerbrach. »Den brauche ich nicht mehr.«

Martina blieb wie angewurzelt stehen. »Bitte lass uns reden.«

»Es gibt nichts mehr zu reden!« Wütend griff er sein Sakko, nahm die Schuhe und riss die Wohnungstür auf.

Sie hörte noch seine Schritte im Treppenhaus hallen.

23

Martina blinzelte ins Licht. Die Sonne schien bereits durch das Dachfenster herein. Sie schloss die Augen wieder. Jetzt hatte sie doch ein paar Stunden geschlafen. Ihr Kopf hämmerte. Es war ihr schlecht.

Sie quälte sich aus dem Bett und tappte barfuß in die Küche. Ihr Blick fiel auf die Schlüssel, die noch immer in der Spüle zwischen den Scherben lagen. Ihr Magen zog sich zusammen. Christian hatte sich von ihr getrennt und mehr als ein paar Schlüssel blieben von den gemeinsamen Jahren nicht zurück. Sie legte sie auf die Kücheninsel. Martina war wackelig auf den Beinen. Kein Wunder, die leere Rotweinflasche stand höhnisch auf dem Esstisch. Sie hatte einen Kater.

Unfassbar, sie hatte gekündigt, Streit mit ihrer Mutter, Christian hatte sich von ihr getrennt und was machte sie? Sie betrank sich. Martina schüttelte energisch den Kopf. Doch das war keine gute Idee gewesen. Sie fasste sich an die schmerzenden Schläfen. Jetzt brauchte sie einen starken Kaffee und eine Schmerztablette.

Sie schaltete die Kaffeemaschine ein. Das Mahlen der

Bohnen löste einen Tornado im Kopf aus. »Ahh!« Verdammt, sie hatte in eine Glasscherbe gefasst. Sie stöhnte auf. Martina sammelte die Scherben ein, die in der Spüle und auf der Arbeitsplatte verteilt lagen. So wütend und verletzt hatte sie Christian noch nie gesehen. Sie hätte ihm gern alles erklärt. Aber jetzt war sie allein.

Der Kaffee war fertig und sie schlürfte ein paar Schlucke. Der Blick fiel auf die Schlüssel. Er hatte die Trennung gleich ganz durchgezogen. Es sollte nichts von ihr bei ihm bleiben. Sie hatte aber noch die Schlüssel seiner Wohnung. Sollte sie ihm die vorbeibringen? Sie sah sein verletztes Gesicht vor ihrem inneren Auge. Nein, momentan meldete sie sich besser nicht bei ihm. In ein paar Tagen vielleicht.

Martina löste die Schlüssel von Christians Wohnung von ihrem Bund und holte die anderen von der Kücheninsel. In ihrer blutigen Hand lagen jetzt die gemeinsamen Schlüssel. Sie schluckte. Zumindest diese waren zusammen. Die Tränen liefen ihr über die Wangen. Sie öffnete die untere Schublade im Vorzimmerschrank und legte die Schlüssel hinein. Dabei fiel ihr Blick auf die selbst gestrickte Weste ihrer Großmutter.

Sie sah ihre Oma vor sich, wie sie mit ihr einen Kakao am Esstisch getrunken hatte. Ihre Großmutter saß ihr gegenüber, eingewickelt in der dunkelroten Weste mit dem grauen Zackenmuster. Mit der alten Dame hatte sie stundenlang über alles sprechen können. In diesem Moment wurde ihr bewusst, wie sehr sie ihre Großmutter in Zeiten wie diesen gebraucht hätte. Sie war immer für Martina da gewesen. Ihre Großmutter hätte sie auch jetzt verstanden. Leider war das nicht mehr möglich.

Sie nahm sich die Weste aus dem Schrank heraus, zog sie über ihr Schlafshirt an und kuschelte sich hinein. Wie schön wäre es gewesen, wenn Oma jetzt hier wäre. Warum konnte ihre Mutter nicht ein wenig so sein, wie ihre Großmutter es gewesen war und sie nicht nur kritisieren, sondern einfach für sie da sein? Martina schüttelte den Kopf. Sie ging ins Wohnzimmer und öffnete das Fenster. Frische Luft würde ihr gut tun. Von draußen hörte sie Schritte und Gesprächsfetzen. Sie blickte aus dem Fenster. Eine Familie mit zwei kleineren Kindern stieg in ihr Auto, zwei ältere Paare gingen an ihrem Haus vorbei. Nur wenige waren allein unterwegs und die schritten so zügig die Straße entlang, dass sie wahrscheinlich ein Ziel hatten und von jemandem erwartet wurden.

Und sie? Wohin gehörte sie? Christian hatte sich von ihr getrennt, Peters hatte sie isoliert. Ihre Mutter hatte sich beim letzten Besuch nicht einmal von ihr verabschiedet, als sie gegangen war. Mit ihrer Mutter musste sie halbwegs auskommen wegen ihres Vaters. Ihn gab es nicht ohne sie.

Martina schloss das Fenster und setzte sich auf die Couch und griff zum Handy. Nein, Paul konnte sie nicht anrufen. Er würde die Trennung nicht verstehen. Von der Abtreibung konnte sie ihm nicht erzählen. Er hatte sich anders als sie entschieden, nachdem er erfahren hatte, dass Barbara schwanger war. Er hatte die Familie an erste Stelle gestellt. Und dennoch hatte ihm das Leben so übel mitgespielt. Sie legte das Handy weg und nahm die Fernbedienung. Sie schaltete den Fernseher ein und zappte sich durch das Programm.

»Hallo, Martina, komm herein.« Ihr Vater hielt ihr die Wohnungstür auf.

»Hallo, Papa! Schön, dich zu sehen.«

Er nahm ihr den Mantel ab und hängte ihn an der Garderobe auf. Die Hausschuhe ihrer Mutter standen darunter. Martina atmete innerlich auf.

»Wollen wir uns in die Küche setzen? Mama ist nicht da. Sie ist mit Elfriede in dieser neuen Ausstellung, du weißt schon.«

Martina nickte. »Ja, lass uns in die Küche gehen. Ich wollte auch lieber mit dir allein reden.«

Ihr Vater runzelte die Stirn. »Ist es wegen der Kündigung?«

»Unter anderem auch«, erwiderte sie.

»Du weißt, begeistert bin ich nicht, wenn es um eine Geheimnistuerei geht.« Er hielt inne. »Aber nach Freitag kann ich es verstehen. Ich habe erst vor ein paar Minuten eine Kanne Kaffee aufgesetzt. Magst du einen?«

»Ja, gern.« Sie setzte sich und war erleichtert, dass sie nicht eine seiner Standpauke über Offenheit und Ehrlichkeit zu hören bekam.

Ihr Vater holte aus dem Küchenschrank die dunkelblaue Tasse mit der Aufschrift *Martina*, die sie als Kind einmal von ihm geschenkt bekommen hatte. Er schenkte ihr Kaffee ein und schob die Tasse über den Tisch.

»Danke.«

Langsam ließ er sich nieder und verzog das Gesicht vor Schmerzen.

»Wieder die Bandscheiben?«

»Ja, aber keine Diskussionen, dass ich zum Arzt gehen soll. Die habe ich bereits heute mit deiner Mutter geführt.«

Martina hob abwehrend die Hände. »Ich würde es doch nicht wagen.«

Er verzog das Gesicht zu einem Grinsen. Sie lachte und er fiel darin ein.

Ihr Vater räusperte sich. »Du wolltest etwas mit mir besprechen.«

Martina fuhr sich durch die Haare. »Ja.« Sie war sich auf einmal unsicher, ob sie ihrem Vater alles erzählen konnte. Würde er sie verstehen oder ihr Vorwürfe machen?

Er nickte ihr aufmunternd zu.

»In Ordnung. Christian hat sich von mir am Samstag getrennt.«

Ihr Vater riss die Augen auf. »Was denn noch? Vor ein paar Tagen die Kündigung, jetzt schmeißt ihr eure Beziehung hin?«

»Papa, er hat sich von mir getrennt und er hat seine Gründe.« Ja, Christian hatte jedes Recht, wütend auf sie zu sein und sie zu verlassen. Martina atmete tief durch. Ihre Finger schlossen sich haltsuchend um die heiße Tasse.

»So, jetzt ganz langsam für deinen alten Herrn zum Mitschreiben, Martina. Warum? Ihr seid doch seit dem Studium zusammen.«

Sie schluckte. »Ich habe ihn hintergangen.« Ihre Stimme zitterte.

»Du hast ihn mit einen anderen Mann betrogen? Das passt doch nicht zu dir.« Er blickte sie verwirrt an.

»Nein, das habe ich nicht. Ich liebe Christian. Ich habe ihm aber mehr als zehn Jahre verheimlicht, dass …« Sie holte tief Luft und drängte die Angst zurück, »dass ich unser Kind abgetrieben habe.«

Ihr Vater sah sie stumm an. Sein Blick war voll Trauer.

»Ich bin sprachlos. Martina, du bist meine Tochter. Ich liebe dich über alles und ich werde dich immer unterstützen, aber ich kann Christian verstehen.«

Sie vergrub ihr Gesicht in ihren Händen. Natürlich konnte er Christian verstehen.

»Ich war unfassbar glücklich, wie ich damals von dir erfahren habe. Egal. Aber warum hast du damals nicht mit mir gesprochen und das alles mit dir alleine ausgemacht?«

Er wirkte verzweifelt und Martina schmerzte es, die Männer, die sie liebte, so zu sehen. »Habe ich doch nicht. Mama …«, erwiderte sie. Martina biss sich auf die Zunge, verdammt.

»Mama wusste davon?«

Sie senkte den Blick.

Ihr Vater schnaubte leise. »Der dumme Arbeiter musste

natürlich nichts wissen, sonst hätte er ungefragt Ratschläge geben können. Die gnädige Gattin wusste es natürlich besser.« Er stand auf.

»Papa!«

Er verließ wortlos die Küche.

Martina hörte ihn im Vorzimmer poltern. Sie hatte nicht vorgehabt, ihren Vater zu verletzen. In letzter Zeit machte sie alles falsch, aber sie wollte keine Geheimnisse mehr.

Die Küchentür öffnete sich und ihr Vater kam zurück. »Entschuldige, ich wollte dir gegenüber nicht so reagieren.« Er nahm ihr gegenüber wieder Platz. »Viel wichtiger ist, wie es jetzt bei dir weitergeht.«

Das war die Frage, vor der sie sich gefürchtet hatte. »Ich hatte deshalb schon einige schlaflose Nächte. Ich bin noch einige Zeit von der Kanzlei freigestellt und muss mir erst klar werden, wie es weitergeht.«

»Kommst du in der Zwischenzeit finanziell über die Runden?« Er sah sie besorgt an.

»Ja, ich hatte noch ein paar Wochen Urlaub offen und einen Haufen Überstunden. Deshalb bekomme ich mein Gehalt noch knapp drei Monate weiter und ich habe auch Rücklagen.«

»Gut.« Er atmete erleichtert durch. »Dann bitte ich dich um eines, Martina.« Er blickte sie ernst an. »Komm zu Ruhe und übereile nichts. Überlege, was du wirklich willst.«

»Ja.« Ihr versagte die Stimme. »Danke, Papa.«

Er lächelte sie an. »Dafür sind Väter ja da. Und wer weiß, für was das alles gut war.«

Sie nickte. »Danke für alles.« Martina blickte auf ihre Armbanduhr. »Ich werde langsam aufbrechen.«

Er seufzte. »Einverstanden. Aber auf Dauer könnt ihr euch nicht aus dem Weg gehen. Ihr müsst miteinander reden, aber jetzt muss ich erst einmal mir ihr reden.«

Martina umarmte ihren Vater. »Ich verspreche es dir.«

24

Der Toaster warf die beiden Scheiben raus. Martina setzte sich an den Tisch, trank einen Schluck Kaffee und schmierte Butter auf ihren Toast. Sie öffnete das Marmeladenglas von Frau Gruber. Es war nur noch ein Rest Marillenmarmelade übrig. Dieses Mal konnte sie nicht wie gewohnt das leere Glas Frau Gruber zurückbringen und am nächsten Tag würde kein neues in der Früh in ihrem Büro stehen. Sie seufzte.

Martina blickte auf die kahle Wand hinter der Kücheninsel. Vor einigen Tagen hatte sie noch gedacht, dass sie bald ausziehen würde und hatte es bedauert, dass sie es sich hier nicht gemütlicher gemacht hatte. Ob Christian dem Makler wohl schon abgesagt hatte? In dem Haus mit der Hanglage und dem schönen Ausblick würde jetzt ein anderes Paar oder vielleicht eine junge Familie einziehen. Platz war genug vorhanden. Wie glücklich Christian sie bei der Besichtigung angesehen hatte. Das Bild zerriss vor ihren Augen. Nun sah sie den tief verletzten und wütenden Gesichtsausdruck von ihm wieder vor sich. Sie bekam eine Gänsehaut. Martina atmete tief durch. Nicht daran denken! Sie würde nicht in das Haus ziehen, sondern in ihrer Wohnung bleiben.

Ihr Blick glitt durch den vertrauten Raum, über die Möbel und Wände. Die Zeit war gekommen, es sich hier gemütlich zu machen. Sie nahm das Handy und suchte nach den nächstgelegenen Baumarkt.

Martina stand vor der Information im Baumarkt.

»Guten Morgen. Wie kann ich Ihnen helfen?« Die Frau mit dem roten Pagenkopf sah sie neugierig an.

»Guten Morgen, wo finde ich Wandfarben und das passende Zubehör?«

»Jetzt links abbiegen und dann der vierte Gang rechts rein.« Sie deutete in die geschilderte Richtung.

»Vielen Dank.« Martina bog in den Gang links ab. Im Hauptgang hingen Schilder mit den Produktkategorien. Martina ging zielstrebig auf die Farben zu, links und rechts waren Kübel in unterschiedlichen Größen aufgereiht. An den Wänden der Regale waren Paletten angebracht. Sie schritt den Gang zwischen Dispersionsfarbe, Kalkfarbe, Mineralfarbe und den universellen Wandfarben durch. Ihr schwirrte der Kopf. Was hatte sie sich da nur angetan? Sie wollte doch nur etwas Farbe in die Wohnung bringen. Martina nahm einen Kübel Kalkfarbe und las die Hinweise.

»Kommen Sie zurecht oder kann ich Ihnen behilflich sein?«

Martina blickte auf und sah den stämmigen Mann mit der roten Baumarktjacke vor sich an, der sie freundlich anlächelte. »Ja, ehrlich gesagt überfordert mich die Auswahl etwas.«

Er lächelte. »Das kann ich gut verstehen. Das geht den meisten zu Beginn so. Welchen Raum möchten Sie streichen?«

»Das Wohnzimmer und die Küche. Welcher dieser Farben eignet sich hier?« Sie deutete auf die vollen Regale.

»Das kommt auf den Untergrund und den Zweck an. Worauf wollen Sie die Farbe auftragen und wie groß sind die Räume?«

Das hier entwickelte sich schwieriger als ein Schlagabtausch mit dem Staatsanwalt vor Gericht. »Es werden so um die vierzig Quadratmeter in Summe sein. Und der Untergrund? Keine Ahnung, seit dem Einzug waren die Wände immer weiß.«

»Dann reicht eine gute Deckkraft aus. Ich würde Ihnen die universelle Wandfarbe von *Schöner Wohnen* empfehlen, die sich leicht und sauber verarbeiten lässt.«

Sie blickte ihn dankbar an. Das war doch genau das Richtige für sie als blutige Anfängerin. Sie nickte.

»Da bräuchten wir um die fünf Liter. Möchten Sie die Wände weiß lassen oder sollen wir Ihnen einen Farbton mischen?«

»Dann nehme ich diese Wandfarbe. Welche Farbtöne gibt es denn?«

Er nahm zwei Farbkübeln aus dem Regal. »Kommen Sie bitte mit. Vorne haben wir Farbpaletten ausliegen. Möchten Sie selbst ausmalen? Wir arbeiten auch mit Malern zusammen. Wenn Sie die Farben bei uns kaufen, dann bekommen Sie hier gute Konditionen.«

Sie schüttelte den Kopf. »Nein, vielen Dank. Das mache ich selbst.« Martina folgte ihm.

Martina legte die Abdeckfolie über die Couch. Sie hatte aufgehört zu zählen, wie häufig ihr das verdammte Ding bereits verrutscht war. Sie klebte die Folie über den Parkettboden fest. Ihr war warm und der Schweiß stand ihr auf der Stirn. Sie öffnete die Terrassentür. Kalte, klare Luft strömte herein. Hätte sie doch das Angebot mit dem Maler annehmen sollen? Sie blickte skeptisch auf die beiden Kübeln mit himmelblauer und safrangelber Farbe. Das Handy läutete. Am Display erschien Pauls Gesicht.

»Hey, wie geht es dir?« Sie setzte sich auf den Boden und lehnte sich an die Wand.

»Gut, was macht die Aussteigerin?«

»Magst du die Kurzfassung oder die lange Version hören?«

»Oh. Die Kurzfassung bitte.«

»Christian und ich haben uns getrennt. Meine Mutter verurteilt mich wegen der Kündigung und ich sitze hier gerade zwischen zwei Farbkübeln und werde die Wände gleich streichen.«

Sie hörte, wie Paul nach Luft schnappte.

»Stopp mal. Ganz langsam. Ich glaube, da brauche ich doch die vollständige Fassung. Brauchst du etwas, kann ich dir irgendwie helfen?«

Es tat gut, seine Stimme zu hören. »Danke dir. Momentan

nicht. Muss erst mal mit mir selbst klar kommen. Wollen wir uns in den nächsten Tagen zum Mittagessen treffen?«

»Bei Marco. Vielleicht am nächsten Dienstag? Dann weiß ich auch schon mehr von der Ombudsstelle.«

»Das hört sich gut an. Dreizehn Uhr vor dem Eingang?«, fragte Martina.

»Abgemacht.« Paul stutzte für einen Moment. »Martina, wenn du etwas brauchst oder jemanden zum Reden willst, dann melde dich jederzeit bei mir. Versprochen?«

Sie spürte, wie ihr die Tränen kamen. »Versprochen. Bis Dienstag.«

»Bis Dienstag. Kopf hoch, Martina. Tschüss.«

»Tschüss«, presste sie heraus und drückte das Telefonat weg. Sie ließ ihren Tränen freien Lauf.

Martina zog die Klebestreifen von der Heizung und nahm die Folie ab. Bis auf kleine weiße Flecken in den Ecken erstrahlte das Wohnzimmer im freundlichen himmelblau. Wer brauchte schon einen Maler? Wenn man wollte, dann konnte man alles erreichen. Eine andere Sache war dieses Unikum von Folie. Sie versuchte, es zusammenzurollen, aber ständig entkam ihr ein Teil. Am Ende raffte sie die dünne Kunststoffplane zu einem Wulst vor ihrer Brust zusammen.

Es klingelte. Verdammt, nicht gerade jetzt, wo sie die Folie unter Kontrolle hatte. Martina ließ sie los und ging zur Gegensprechanlage.

»Ja?«

»Wir sind es«, hörte sie ihren Vater sagen.

Martina drückte den Türöffner. Ihr Magen verkrampfte sich. Ihre Mutter hätte sie heute nicht gebraucht. Sie blickte auf die Baustelle im Wohnzimmer. Die Folie hatte wahrhaftig ein Eigenleben entwickelt und lag wieder offen mitten im Raum. Farbkübel und Pinsel standen noch auf dem Zeitungspapier bereit und dann entdeckte sie auch ein paar Kleckse, die irgendwie auf dem Boden gelandet waren. Sie seufzte.

Martina öffnete die Tür. »Hallo, schön, dass ihr das seid. Was für eine Überraschung.«

»Ja, das war die Idee deines Vaters. Er fand, dass wir auf einen Sprung bei dir vorbeikommen sollten.«

Martina blickte ihren Vater fragend an. Er stand hinter ihrer Mutter, gab ihr mit einem Kopfnicken und einem aufmunternden Blick zu verstehen, gib dir einen Ruck. Er war unmöglich. Aber sie war einverstanden.

»Kommt rein. Setzt euch doch in die Küche. Im Wohnzimmer ist gerade alles belegt. Wollt ihr einen Kaffee?«

»Gerne, Martina«, antwortete ihr Vater.

Ihre Mutter warf beim Vorbeigehen einen Blick ins Wohnzimmer und setzte sich an den Esstisch. »Streichst du etwa?«

Martina hantierte an der Kaffeemaschine. »Ja, ich möchte die Wohnung gemütlicher gestalten.«

Die Mutter rümpfte die Nase. »Mich geht es ja nichts an, aber warum ausgerechnet jetzt? Hast du wirklich nichts

Wichtigeres zu tun? Jetzt, wo du arbeitslos bist und sich noch dazu Christian von dir getrennt hat.«

Die Worte trafen Martina mitten ins Herz. Ihr Vater musste ihrer Mutter von der Trennung erzählt haben. Martina spürte die Wut in sich aufsteigen und presste die Lippen entschlossen aufeinander. Sie stellte die gefüllten Kaffeetassen auf den Tisch und setzte sich. Martina blickte ihre Mutter mit einem herausfordernden Blick an. »Ja, Mama. Es ist genau die richtige Zeit dafür. Ich habe die wirklich wichtigen Dinge viel zu lange aufgeschoben. Hätte ich das nicht, dann wäre vielleicht einiges anders gekommen.«

Ihre Mutter runzelte die Stirn und schüttelte den Kopf.

»Ich kann dich verstehen. Mama meinte ja nur.« Ihr Vater versuchte sich an einem aufmunternden Lächeln. »Aber nimm dir die Zeit, die du brauchst. Wenn du Hilfe bei der Renovierung benötigst, dann bin ich da.«

»Danke, Papa.«

Ihre Mutter warf ihr einen eiskalten Blick zu. »Aber nimm dir nicht zu viel Zeit. Komm schnell wieder zu Vernunft. Du setzt gerade alles auf's Spiel, was du dir so hart erarbeitet hast.«

Martina und ihr Vater tauschen einen verzagten Blick untereinander aus. Er zuckte mit den Schultern. Seine Augen wirkten müde.

Er trank seinen heißen Kaffee mit wenigen Schlucken aus. »Wir wollten dich gar nicht lange aufhalten. Du bist sicher froh, wenn du im Wohnzimmer weiterarbeiten kannst.«

Martina nickte und spürte eine Erleichterung, dass ihre Eltern gingen.

»Ja, aber wir müssen besprechen, wie es jetzt bei dir weiter gehen soll«, erwiderte die Mutter.

Ihr Vater stand auf. »Nicht heute, Anna. Wir müssen los.«

Sie schnaubte, stand aber auf. »Na gut. Dann gehen wir.« Sie nahm die noch volle Kaffeetasse, schüttete den Kaffee in die Spüle und stellte die Tasse in den Geschirrspüler. »Wir wollen dir nicht noch mehr Unordnung und Arbeit machen.«

Martina schüttelte den Kopf. Ihre Mutter konnte es einfach nicht lassen.

25

Martina verstaute die beiden Kübeln mit den Farbresten im Regal im Keller. Vielleicht musste sie nochmals bei der ein oder anderen Stelle ran. Neben dem Regal standen zwei Bilder, eingepackt in braunem Packpapier. Eine Spinnwebe reichte vom Regal bis zu den Bildern.

Sie hatten die Bilder am Stand eines Künstlermarkts gekauft, als sie mit Christian in der Toskana Urlaub gemacht hatte. Der Maler hatte farbenfrohe Landschaftsbilder ausgestellt. Sie hatten nicht vorgehabt, etwas zu kaufen. Doch der alte Mann verwickelte sie in ein Gespräch. Er war so herzlich und erzählte ihnen mit Begeisterung von seiner Malerei. Am Ende machte er ihnen ein gutes Angebot. Christian schenkte ihr die beiden Bilder zur Erinnerung an den gemeinsamen Urlaub.

Die Bilder standen nach dem Urlaub einige Wochen im Arbeitszimmer herum, da Christian und sie keine Zeit zum Aufhängen fanden. Dann hatte Martina sie im Keller zwischengelagert. Das musste jetzt Jahre her sein.

Sie zog den Ärmel ihres Pullovers über die Hand und wischte die Spinnwebe mit einer Handbewegung weg.

Vor Martina lagen die beiden Bilder und Haken mit Nägeln auf dem Esstisch. Das Bild mit der hügeligen grünen Landschaft und den typischen Toskanahäusern passte sehr gut über die Couch. Sie stieg auf die Polster und befestigte den Aufhänger mit zwei Nägeln an der Wand. Vorsichtig hakte sie das Bild ein. Es hatte eine leichte Schräglage nach links. Martina richtete es gerade. Die Landschaft und der blaue Hintergrund der Wand harmonierten miteinander.

Das Bild mit den Tonkrügen vor dem toskanischen Hof kam an die Wand über der Kücheninsel. Mit Augenmaß fand sie eine gute mittige Position. Sie schlug mit dem Hammer mehrmals auf den Nagel. Er fand keinen Halt. Martina rutschte ab und er fiel auf den Boden. Sie hob ihn auf und hämmerte mit mehr Kraft. Der Nagel gab nach und war verbogen. »Verdammt.«

Sie klopfte an die massive Wand. Da war kein Durchkommen. Das konnte doch nicht sein, dass sie kurz vor dem Ziel scheiterte. Ihr Vater hätte ihr im Handumdrehen das Bild an der Wand befestigt. *Wenn du Hilfe brauchst, ich bin da*, hallten die Worte ihres Vaters nach. Nein, seine Hilfe wollte sie nicht annehmen. Sie konnte sich nur zu gut vorstellen, was ihre Mutter für ein Gesicht ziehen würde, wenn sie jetzt angerufen hätte. Martina schüttelte den Kopf und musterte verdrossen das kleine Loch an der Wand, dass ihren erfolglosen Versuch zeigte.

Der ältere Herr Kräber aus dem ersten Stock hatte ihr beim

Einzug angeboten, zu helfen, falls sie etwas bräuchte. Er war vor seiner Pension Handwerker gewesen. Martina fuhr sich durch die Haare. Eigentlich wollte sie ihn nicht stören und was, wenn er die Hilfe nur aus Höflichkeit angeboten hatte? Sie sah das ausgebreitete Werkzeug vor sich und seufzte. Es nützte nichts. Auf halbem Wege konnte sie nicht aufgeben. Sie benötigte Hilfe.

Herr Kräber setzte zielsicher den Bohrer an der Wand an. Das Geräusch der Bohrmaschine dröhnte in ihrem Kopf, als sich Stahl durch Beton fraß. Staub rieselte auf ihren Tisch.

»So. Jetzt noch einen Dübel und dann hält es.« Er klopfte den Dübel hinein. »Bei der Wand hatten Sie keine Chance mit den dünnen Nägeln.«

Martina blickte auf ihren verbogenen Nagel. »Vielen Dank für Ihre Hilfe.«

Herr Krämer befestigte eine Schraube samt Haken an der Wand. »Gerne. Ich bin auch froh, wenn ich etwas zu tun habe. Ist nicht mehr wie früher.« Er hängte das Bild auf. »Schauen Sie mal, ob das gerade ist?«

Martina trat zwei Schritte zurück. »Das sieht gut aus. Jetzt ist es gleich nicht mehr so leer und wirkt viel gemütlicher. Danke.«

»Sie haben es hier schön und behaglich. Und viel Platz. Mir reicht unten meine kleine Wohnung, seit meine Gerda vor ein paar Jahren verstorben ist.«

Martina schluckte. Das hatte sie nicht gewusst. Sie nickte. »Das tut mir leid. Kann ich mich irgendwie revanchieren oder kann ich Ihnen einen Kaffee anbieten?«

»Das kommt nicht infrage, Frau Bäumer. Ich freue mich, dass ich Ihnen helfen konnte. Aber zu einem Kaffee sage ich nicht nein.«

Martina saß in der Küche und trank ihren ersten Kaffee am Morgen. Es klingelte. Wer kann das um die Uhrzeit schon sein? »Ja, bitte?«, frage sie durch die Gegensprechanlage.

»Post hier. Bitte aufmachen.«

»Ja, zweiter Stock.« Sie drückte auf den Türöffner. Martina wunderte sich, da sie nichts bestellt hatte. Sie öffnete die Wohnungstür.

»Guten Morgen, Frau Bäumer. Das freut mich Sie endlich wieder einmal zu sehen.« Ihre Nachbarin von nebenan kam auf sie zu.

»Guten Morgen, Frau Linger. Mich auch. Wie geht es Ihnen?«

Die ältere Frau lächelte sie an. »Danke gut. Und Ihnen? Sie sind ja in letzter Zeit so oft zu Hause, sind Sie vielleicht krank? Oder haben Sie auch einmal ein paar Tage frei? Sie arbeiten ja sonst so viel.«

Martina stöhnte innerlich auf. Frau Linger konnte ihre Neugierde wieder einmal nicht beherrschen. »Mir geht es gut.«

Die Aufzugstür öffnete sich und rettete sie einen Moment.

»Bäumer? Ein Paket.« Der Postbote sah sie beide fragend an.

»Das bin ich«, antwortete Martina.

Er hielt ihr ein Gerät und Stift hin. »Bitte bestätigen Sie mir die Übernahme.«

Sie unterschrieb. Der Postbote gab ihr das Paket. Martina blickte auf den Absender. Christian Winkler. Ein Paket von ihm.

»Auf Wiedersehen«, hörte sie den Briefträger sagen, als sich die Aufzugstür bereits schloss.

»Alles gut bei Ihnen, Frau Bäumer? Sie wirken auf einmal ganz durcheinander.« Frau Linger kam ein paar Schritte auf sie zu und wollte ein Blick auf das Paket erhaschen.

Martina drückte es an sich. »Alles gut. Machen Sie sich keine Sorgen. Entschuldigen Sie mich.« Martina schloss hinter sich die Tür und hörte noch das unverständliche Gemurmel ihrer Nachbarin.

Sie setzte sich an den Schreibtisch. Was wollte Christian von ihr? Waren das die wenigen Dinge, die er noch von ihr hatte? Sollte das der endgültige Abschied sein? Martina schnitt die Klebebänder durch und öffnete mit zittrigen Händen den Karton. Eine Karte lag oben auf. Mit Christians Handschrift. Sie spürte einen Stich im Herzen.

Mein Ausbruch an unserem letzten Abend tut mir leid. Die Situation überfordert mich. Das Glas soll zumindest den Sachschaden ersetzen. Alles andere braucht Zeit. Ich brauche Zeit. Ich melde mich wieder bei dir. Christian.

Martina sackte zusammen. Sie stützte ihren Kopf in die Hände. Tränen liefen ihr über das Gesicht. Sie las die Karte nochmals. Er meldete sich wieder. Wie gerne hätte sie mit ihm gesprochen und ihm gesagt, wie leid es ihr tat. Dass er ihr fehlte. Nein, sie musste ihm die Zeit geben. Nach alldem, was sie getan hatte, war es das Mindeste. Sie legte das braune Krepppapier aus dem Karton zur Seite. Sie schluckte. Ein Rotweinglas von Murano. Genau wie das Zerbrochene. Nur mit einem Unterschied. Dieses hat Christian allein gekauft. Das zerbrochene Glas hatten sie vor zwei Jahren gemeinsam in Venedig ausgesucht.

26

Es läutete an der Wohnungstür. Wer konnte das schon so früh sein? Martina sah durch den Türspion. Ihre Mutter. Was wollte sie denn jetzt schon wieder?

Sie öffnete die Tür. »Guten Morgen, Mama. Alles in Ordnung?«

»Guten Morgen, Martina. Ja, bei Papa und mir ist alles gut. Kann ich hereinkommen?«

»Ja, klar.« Sie trat zur Seite. »Ich wollte mir gerade einen Kaffee machen, magst du auch einen?«

Ihre Mutter ging an ihr vorbei in die Küche und nahm am Esstisch Platz. »Nein, danke. Setz dich bitte. Wir müssen miteinander sprechen.«

In Martina quoll der Ärger darüber hoch, dass ihre Mutter wie selbstverständlich das Regiment übernahm. Sie setzte sich ihr gegenüber an den Tisch. »Was willst du mit mir besprechen?«

»Ich mache mir Sorgen um dich, Martina. Siehe dich an, es ist mitten in der Woche und anstatt in der Kanzlei ordentlich zu arbeiten, sitzt du mir mit einer ausgewaschenen Jeans und Pullover gegenüber.«

Martina trippelte mit dem Fuß und konnte kaum still sitzen.

»Mama, es reicht. Was willst du von mir?«

Ihre Mutter blickte sie streng an. »Nein, tut es nicht. Auch wenn ich mal forsch klinge, meine ich es nur gut mit dir. Papa und ich machen uns Sorgen. Du schmeißt doch nicht alles hin, nachdem du dich über die ganze Zeit so bemüht hast.«

Martina schüttelte den Kopf. Warum konnte sie nicht einfach aufhören zu reden und wieder gehen? »Und?«

»Ich habe mit meinem Bruder gesprochen, der hat seine Beziehungen im Finanzministerium spielen lassen. Er hat für dich nächste Woche Dienstag einen Termin beim Sektionschef gemacht, wo du vorsprechen wirst. Ich habe dir den Termin und Namen aufgeschrieben.« Ihre Mutter schob ihr den Notizzettel über den Tisch.

»Du hast was?« Martina sah sie entgeistert an. »Du hast dich schon viel zu viel eingemischt. Was hast du gerade gesagt? So kann es nicht mehr weiter gehen? Recht hast du! Höre auf, dich in mein Leben einzumischen.«

Ihre Mutter fuhr die Umrisse der Kugelkerze am Tisch nach und wich ihrem Blick aus. »Ich habe immer nur zu deinem Wohl gehandelt und selbst oftmals zurückgesteckt.«

Martina lachte höhnisch auf. »Oder eher, dass du mit mir angeben konntest? Oder war die Abtreibung damals auch nur zu meinem Wohle?«

Ihre Mutter starrte sie aus weit geöffneten Augen an.

»War es zu meinem Wohl? Sag etwas!« Martina blickte sie herausfordernd an.

»Du warst noch so jung und du hast gerade erst in der Kanzlei angefangen. Mit einem Kind hättest du das vergessen können. Hast du doch an mir gesehen.«

Martina vergrub das Gesicht in den Händen. »Nein.«

»Ich habe es selbst erlebt. Und die Zeiten haben sich in diesem Punkt nicht verändert. Du hattest zumindest die Wahl, ich damals nicht«, sagte ihre Mutter schnippisch.

Martina konnte nicht glauben, was ihre Mutter sagte.

»Du kannst jetzt noch immer Kinder haben oder wieder arbeiten gehen. Du hast im Gegensatz zu mir alle Möglichkeiten.«

»Nein!« Martina stand auf und stützte sich auf dem Tisch ab. »Nein, kann ich nicht.«

Ihre Mutter zuckte zusammen und sah sie fragend an.

»Ich kann seit der Abtreibung keine Kinder mehr bekommen. Es gab Komplikationen.« Martina spürte, wie ihr dir Tränen kamen.

»Was ist passiert?«

»Beim Eingriff wurde die Gebärmutter verletzt. Ich hatte nach dem Eingriff Schmerzen und bin nicht zum Arzt gegangen. Ich wollte das alles nur schnell hinter mich bringen … und vergessen.« Sie schniefte. »Als ich einige Monate später bei der jährlichen Untersuchung war …« Ihre Stimme brach. Sie rang nach Luft. »Du wolltest kein Kind, ich aber schon.«

Die Mutter stand auf und ging ins Vorzimmer. Sie drehte sich um. »Das ist nicht meine Schuld. Übernimm endlich selbst die Verantwortung für dein Leben. Du bist so undankbar. Nach alldem, was ich für dich getan habe!«

Das konnte sie jetzt nicht ernst meinen. »Es ist besser, du gehst.« Martina öffnete die Türe.

Ihre Mutter schlüpfte in die Halbschuhe und ging wortlos an ihr vorbei. Martina schloss die Tür und zitterte am ganzen Körper.

Es war still. Zu still. Martina wählte in der Musik-App am Handy eine Playlist mit romantischen Popsongs aus. Musik erfüllte den Raum. Dann würde sie hier einmal aufräumen.

Martina wippte mit der Musik mit und ging ins Wohnzimmer. Die Musik wurde langsamer. Adele's Stimme ertönte. Martina ließ sich auf der Lehne der Couch nieder. Ihr Hals schnürte sich zu. Die Stimme wurde eindringlicher, die Gefühle drangen durch jeden Ton und jede Silbe. Sie schnappte nach Luft.

»Vergiss mich nicht, Christian«, flüsterte Martina. Die Tränen liefen ihr über die Wangen. Sie hatte alles verloren, was ihr wichtig war. Vor allem Christian, den sie liebte. Sie schnaubte. Sie hatte kein Recht, sich zu bemitleiden.

»Es ist meine Schuld«, murmelte sie. Ja, ihre Mutter hatte sie bedrängt wegen der Abtreibung und der sonstigen weggeworfenen Chancen. Aber sie hatte die Wahl gehabt. Verdammt!

»Ich bin schuld! Ich allein!«, schrie sie und ballte ihre Hände zu Fäusten. Sie hatte die Entscheidung allein getroffen und es nicht für sie beide getan, sondern für sich. Ihr fiel es so leichter, da sie Angst hatte, es Christian zu sagen und wie er reagieren würde. Und sie wollte sich ihre eigene Zukunft nicht verbauen. Sie hatte die Befürchtung noch nicht bereit für ein Kind zu sein. Martina wischte sich mit dem Ärmel über die verweinten Augen. Sie hatte es verbockt. Sie hatte ihre Wünsche verspielt und nicht nur ihre.

27

Martina saß am Esstisch mit ihrem ersten Kaffee am Morgen und biss in ihren Marmeladentoast. Sie verzog das Gesicht. Bis auf die Süße hatte die gekaufte Marillenmarmelade keinen erkennbaren Geschmack. Von fruchtig konnte nicht die Rede sein. Den künstlichen Nachgeschmack spülte sie mit einem großen Schluck Kaffee hinunter. Mit dem Messer entfernte sie die Marmelade und aß den Toast mit Butter. Nicht nur ihre Marmelade fehlte ihr. Sie vermisste auch Frau Gruber. Sie würde sie mal anrufen. Aber nicht heute. Am Wochenende, wenn sie nicht in der Kanzlei war.

Martina nahm den Zettel, den ihre Mutter mit der Notiz vom Ministerium liegen gelassen hatte. *Gespräch, Dienstag, 7. Dezember, 13:30, Dr. Gustav Czernevski.* Sie knüllte das Papier zusammen. Am liebsten hätte sie den Zettel einfach weggeworfen. Sie seufzte auf. Warum musste sie sich um Dinge kümmern, die sie nicht angestellt hatte? Sie suchte am Handy die Telefonnummer heraus und wählte.

»Bundesfinanzministerium für Finanzen. Stocker. Guten Morgen«, meldete sich eine weibliche Stimme.

»Bäumer, guten Morgen. Kann ich bitte Herrn Dr. Czernevski sprechen?«

Die Dame in der Leitung räusperte sich. »Dr. Czernevski ist nicht zu sprechen. Aber ich stelle Sie in das Büro der Sektion durch.«

Martina atmete durch. »Danke.«

Nach einer kurzen Pause meldete sich Herr Brockner von der Sektion Steuerpolitik und Steuerrecht.

»Bäumer, guten Morgen. Kann ich Herrn Dr. Czernevski bitte sprechen?«

»Er ist noch nicht im Haus. Um welche Angelegenheit geht es? Vielleicht kann ich Ihnen auch weiterhelfen.«

Martina blickte auf den Zettel mit der Handschrift ihrer Mutter. »Ich habe morgen bei Herrn Dr. Czernevski einen Termin. Den muss ich leider absagen.«

Eine kurze Pause entstand. »Da ging es um die vakante Position bei uns in der Sektion. Sollen wir gleich einen neuen Termin ausmachen?«

Martina trippelte mit dem Fuß. »Nein, danke. Ich habe mich gegen die offene Position entschieden. Tut mir leid, wenn ich Ihnen Umstände bereite.«

»In Ordnung. Ich bin jetzt nur überrascht … Aber das ist kein Problem, ich trage den Termin aus und informiere Herrn Dr. Czernevski.«

»Danke. Auf Wiederhören.« Martina atmete durch. Geschafft. Sie blickte auf ihre Armbanduhr. In knapp einer

Stunde hatte sie beim Meldeservice ihren Termin. Sie räumte das Frühstück weg und zog sich um.

Im Vorraum der Meldestelle waren an den Seiten Plastikstühle aufgereiht. Bis auf zwei freie Stühle waren alle belegt. Martina sah auf den Bildschirm. *Nächste Nummer: 42, Tisch 4.*

Sie blickte auf ihren Zettel mit der Nummer 49. Martina setzte sich. Das würde dauern. Sie erinnerte sich, wie sie vor Jahren hier mit Christian gesessen war und wie sie die Zweitwohnsitze für die jeweils andere Wohnung angemeldet hatten. Er hatte damals gesagt, dass sie auch in der Wohnung des jeweils anderen immer zu Hause waren. Sie atmete tief durch.

Heute war sie bei der Abmeldung allein. Es gab kein gemeinsames Zuhause mehr. Der Bildschirm blinkte und wieder klang ein Läuten durch den Vorraum. Sie sah auf. *Nummer 49, Tisch 3.*

Sie stand auf und ging nach hinten zu den Schaltern.

Die Mitarbeiterin zeigte auf die Stühle vor ihrem Tisch.

»Setzen Sie sich. Ihren Ausweis bitte.«

Martina reichte ihr den Personalausweis über den Tisch.

»Bitte.«

Die Mitarbeiterin wendete sich zum PC und gab ihre Daten ein. Martina zitterte. Es war richtig, dass hier zu tun. Doch es fühlte sich wie der endgültige Abschied von Christian an. Der Drucker sprang an.

Die Mitarbeiterin überreichte ihr den Ausweis. »Hier. Ihr

Personalausweis.« Sie griff zum Drucker. »Und die Abmeldebestätigung für den Zweitwohnsitz. Damit ist alles erledigt.«

Martina nahm ihre Papiere. »Vielen Dank. Auf Wiedersehen.«

»Auf Wiedersehen.«

Sie hörte das Läuten und sah das Blinken am Bildschirm. Ein junges Paar erhob sich von den Stühlen. Sie waren noch gemeinsam hier.

Martina ging auf den Weg zur Bushaltestelle an den weihnachtlich geschmückten Auslagen vorbei. Weihnachten, wie würde es dieses Jahr werden? Sie schob den Gedanken schnell zur Seite. In der Scheibe eines Papierfachgeschäfts sah sie ihr Spiegelbild. Es stand mit ihrem anthrazitfarbenen Mantel vor ihr. Die schulterlangen Haare fielen ihr über die Schultern. Sie strich sich eine lose Strähne hinters Ohr. Dann schüttelte Martina den Kopf, sodass ihr ein paar Strähnen ins Gesicht fielen. Vielleicht sollte sie etwas Neues wagen. Sie ging zu ihrem Stammfriseur beim Bahnhof.

»Hallo Frau Bäumer, haben wir einen Termin heute?«, fragte sie die Chefin mit der grauen Hochsteckfrisur.

»Nein, ich wollte nachfragen, wann Sie einen Termin für mich frei haben.«

»Schwierig aktuell mit den Abenden.« Sie ging hinter den Tresen und holte den Kalender vor.

»Muss dieses Mal kein Abendtermin sein«, erwiderte Martina.

Die Friseurin blickte sie verdutzt an. »Na, dann könnte ich Ihnen morgen früh gleich um neun Uhr einen Termin anbieten. Da hat uns eine Kundin heute abgesagt. Oder ist das zu kurzfristig?«

»Das passt sehr gut. Freut mich, dass es so schnell klappt. Bis morgen.«

»Bis dann, Frau Bäumer. Schönen Tag noch.«

Martina verließ den Friseursalon und schmunzelte. Sie war sich sicher, dass sie gleich das Gesprächsthema bei der Chefin war.

Der Wind blies durch die Gassen. Paul war noch nicht da. Martina stellte sich in einen Hauseingang gegenüber dem Lokal, um sich vor der Kälte zu schützen. Sie schlug den Kragen hoch. Die Feuchtigkeit ging ihr durch und durch.

Martina blickte in Richtung der Kärntner Straße. Paul schlenderte die Gasse hinab. Als er sie sah, beschleunigte er seine Schritte.

»Hey, Martina. Du bist ja ganz erfroren.« Er umarmte sie und küsste sie auf beide Wangen.

»Hallo, Paul. Heute ist es aber auch kalt. Lass uns bitte reingehen.«

»Gern.« Paul öffnet die Tür zum Lokal und hielt sie Martina auf.

»Mamma Mia, wo waren meine Lieblingsgäste so lange?« Marco kam auf sie zu und schüttelte ihnen überschwänglich die Hände.

»Hallo, Marco. Sie wissen ja, die Dame neben mir ist immer schwer beschäftigt.«

Marco sah Martina an. »Und Sie ist heute ganz verändert. Molto bello. Wenn ich nur zwanzig Jahre jünger wäre.« Er lachte und sein ganzer Körper vibrierte. »Hier vorne links haben wir einen Tisch frei. Nehmt Platz.«

»Danke, Marco«, antwortete Martina und setzte sich.

»Marco hat recht, die kürzeren Haare stehen dir gut. Du siehst insgesamt entspannter aus.«

»Mir geht es auch wieder besser. Die letzten Tage waren nicht immer leicht.«

Paul hörte ihr aufmerksam zu und nickte.

»Vor ein paar Tagen dachte ich noch, es ist alles verloren, aber jetzt.«

Marco kam zu ihnen an den Tisch. »Als Tagesgericht haben wir heute Spaghetti Caprese und Pizza Salami. Oder wollen Sie lieber zuerst die Karte?«

Paul blickte sie fragend an.

»Ich nehme die Spaghetti Caprese und ein Mineralwasser.«

»Ich entscheide mich für die Pizza Salami«, ergänzte Paul.

»Gute Wahl. Kommt in wenigen Minuten.« Marko ging wedelnd zur Theke zurück.

»Ich bin froh, dass es dir wieder besser geht. Aber was ist denn passiert, dass ihr euch getrennt habt? Ihr seid doch schon vor Barbara und mir ein Paar gewesen.«

Martina nickte. »Wir hatten zu unterschiedliche Vorstellungen davon, wie es mit uns beiden weitergehen sollte.«

»Nach mehr als fünfzehn Jahren?« Paul blickte sie skeptisch an.

»Christian wollte unbedingt eine Familie.« Ihre Stimme versagte.

»Du, aber nicht?«

»Ich kann keine Kinder mehr bekommen.«

Paul sah sie bestürzt an. »Entschuldige. Das wusste ich nicht. Ich wollte dir nicht zu nahe treten.«

Martina nickte ihm zu. »Alles gut. Aber lass uns über etwas anderes reden. Ich habe vor ein paar Tagen meine Mutter vor die Tür gesetzt. Nachdem sie sich wieder einmal eingemischt hat.«

Paul stieß einen überraschenden Pfiff aus. Die Gäste von den anderen Tischen drehten die Köpfe herum und spähten zu ihnen hinüber. Paul grinste ertappt, etwas leiser meinte er: »Dass ich das noch erleben darf. Was hat sich die alte Hexe, entschuldige, deine Mutter denn jetzt wieder erlaubt?«

Martina prustete vor Lachen los. »Ich musste gerade daran denken, wie meine Mutter geschockt war, wie sie dich mit den Rastalocken sah.«

Paul schmunzelte. »Das ist schon so lange her. Aber den Blick werde ich nie vergessen.«

»Meine Mutter meinte, ich würde mein Leben wegwerfen und solle zur Vernunft kommen. Sie hat mir ein

Vorstellungsgespräch über meinen Onkel im Ministerium organisiert.«

»Und?«

»Ich habe gestern den Termin abgesagt.«

Paul atmete erleichtert auf. »Und was passiert mit mir, wenn ich dir von der Ombudsstelle erzähle?« Er zwinkerte ihr zu.

»Spanne mich nicht auf die Folter. Sag schon«, forderte sie ihn auf.

»Ich habe mit dem Zuständigen für die Ombudsstelle gesprochen. Du erfüllst alle Voraussetzungen und er war eher verwundert, dass du dich überhaupt für die Position interessierst.«

Sie nickte. »Und weiter?«

»Es wäre alles so weit geregelt. Nur für die Formalien ist noch eine offizielle schriftliche Bewerbung nötig. Die Stelle wäre ab 1. April nächsten Jahres frei.«

»Danke.« Martina schnürte es den Hals zu, so viele verschiedene Gefühle wirbelten in ihr herum. Es wäre so einfach Ja zu sagen. Paul hatte schon alles für sie geklärt. Feste Arbeitszeiten und ein sicherer Arbeitsplatz. Ihre Eltern würden erleichtert sein. Vor ein paar Tagen hätte sie sofort zugesagt, ohne noch einmal nachzudenken. Aber jetzt?

»Martina? Du siehst nicht so aus, als wenn du dich freuen würdest. Eher wie drei Tage Regenwetter.«

Verdammt, sie konnte die Stelle nicht annehmen! »Paul, danke, dass du dich so bemüht hast. Ich weiß das wirklich zu schätzen.«

»Aber«, hakte er nach.

»Ich kann die Stelle nicht annehmen. Dann wäre ich wieder in einem Käfig voller Erwartungen und Regeln.«

Paul fuhr sich verwundert über die Augen. »Bist du dir sicher?«

»Ja, das bin ich.« Zur Bestätigung nickte sie mit dem Kopf.

»Ich muss meinen eigenen Weg gehen. Das ist mir gerade bewusst geworden. Es tut mir leid, wenn …«

Paul wiegelte mit der Hand ab. »Martina, du siehst auf einmal richtig erleichtert aus. Und das Strahlen in deinen Augen kenne ich. Außerdem kann ich dich verstehen, auch wenn ich selbst nicht den Mut dazu hätte.«

Marco kam auf sie zu und servierte ihnen das Essen. »Einmal die Spaghetti Caprese für die Dame und einmal die Pizza Salami für den Herren. Buon appetito.«

»Danke Marco. Das riecht umwerfend.« Sie wendete sich wieder Paul zu. »Danke für dein Verständnis. Das bedeutet mir eine Menge. Lass es dir schmecken.«

28

Martina nahm aus dem kleinen Weinregal in der Küche eine der beiden Flaschen Chianti Classico heraus. Sie schenkte sich ein Glas ein und setzte sich ins Arbeitszimmer. War ihre Entscheidung die Position bei der Ombudsstelle abzulehnen mutig oder war sie verrückt geworden? Ihre Mutter hätte definitiv Letzteres behauptet. Martina konnte sich ihr vor Entrüstung gerötetes Gesicht und den entgeisterten Blick lebhaft vorstellen. Sie schmunzelte.

Aber es fühlte sich nicht richtig an, die Stelle anzunehmen. Allein bei dem Gedanken, sich in ein gemachtes Nest zu setzen, grummelte es in ihrem Magen. Einen wie Peters und Meger konnte es auch dort geben. Und Regeln, die sie befolgen müsste, auch wenn diese gegen ihre Überzeugungen waren. Nein, das wollte sie nicht mehr.

Aber wie sollte es weitergehen? Martina kritzelte auf ihren Notizblock herum. Sie bewunderte Paul dafür, wie er sich in seinem Job arrangierte. Das konnte und wollte sie nicht mehr. Sie trank einen Schluck Wein. In dem Moment wurde ihr klar, dass sie selbst entscheiden wollte, statt andere für sich

Entscheidungen treffen zu lassen. Ihre Knie zitterten. Hitze stieg in ihren Kopf. Sie würde ihre eigene Kanzlei eröffnen. War sie denn jetzt größenwahnsinnig geworden? Sie nahm noch einen Schluck vom Rotwein. Eine wohlige Wärme breitete sich in ihrem Magen aus. Eine kleine Kanzlei, in der sie die Regeln bestimmte. Sie durfte sich aber nicht übernehmen.

Martina blätterte den Notizblock um und schrieb *Kanzlei Bäumer – To-do-Liste* mit zittrigen Händen. In ihrem Kopf tobten zig Gedanken. Als Erstes müsste sie die Formalitäten berücksichtigen und Kontakt zur Rechtsanwaltskammer aufnehmen. Über die Haftpflichtversicherung müsste sie sich auch informieren. Sie seufzte auf. Bürokratie eben, aber das gehörte dazu. Vor ihren Augen sah sie, wie auf dem Messingschild *Kanzlei Bäumer* stand. Sie lächelte. Ja, eigene Büroräume brauchte sie auch.

Martina dachte an Frau Gruber, die sie jetzt gern an ihrer Seite gehabt hätte. Sie würde der Kanzlei Leben einhauchen. Nein, sie wollte Frau Gruber nicht in eine schwierige Lage bringen. Und die Kanzlei Peters war ohne ihre gute Seele nicht vorstellbar.

Zu Beginn wäre es auch besser, ohne Mitarbeiter auszukommen, sodass sie die Kosten gering halten konnte und sich nicht übernahm. Martina würde vieles selbst machen. Dafür musste sie keine Kompromisse eingehen. Wenn die Kanzlei in ein oder zwei Jahren gut lief, dann konnte sie sich immer noch Unterstützung holen.

Die Liste wurde immer länger. Ihr Weinglas hingegen war leer. Sie ging in die Küche und schenkte sich nach. Martina sah das Etikett und dachte an den Preis der Flasche. Christian und sie zahlten für einen Karton mit sechs Flaschen knapp 200 Euro beim Weinhändler. So große Sprünge waren in nächster Zeit ausgeschlossen. Das Geld würde sie lieber in ihre eigene Kanzlei stecken.

Christian und sie hatten vor einigen Jahren bereits darüber nachgedacht, eine gemeinsame Kanzlei zu gründen. Sie hatten sich damals dagegen entschieden, weil sie beide in renommierten Kanzleien tätig waren und das Risiko scheuten. Doch jetzt war die Lage eine andere.

Martina öffnete die Schublade der Kücheninsel, in der das Schmuckkästchen seit dem Abend der Trennung lag. Sie nahm es heraus. Martina streifte sich den Ring über den Finger. Sie schloss die Augen und atmete tief durch. Nein, es war nicht ihr Ring. Sie legte ihn zurück.

Wie es Christian wohl ging? Er hatte geschrieben, dass er Zeit brauchte. Ob sie ihn kurz anrufen konnte? Nein, sie wollte ihn nicht stören. Martina nahm ihr Handy und tippte eine Nachricht an ihn: *Hallo Christian. Wie geht es dir?* Sie starrte auf das Foto von Christians Profil. Drei Punkte erschienen im Chatverlauf als Zeichen, dass er gerade tippte. Martina verlagerte ihr Gewicht von einem Fuß auf den anderen. Er war da, an seinem Handy.

Hallo Martina, den Umständen entsprechend ganz gut. Und dir?

Zumindest schrieb er zurück. Das war ein gutes Zeichen. *Mir geht es auch gut. Ich wollte dich nicht stören, aber können wir mal miteinander reden?* Martinas Finger zitterten.

Keine Reaktion. War sie zu forsch vorgegangen? Martina spürte einen Kloß im Hals. Sie trank einen Schluck Rotwein, ging zurück ins Arbeitszimmer und schaute ihre Liste an. Das Handy vibrierte.

Ja, wir sollten miteinander reden. Ich rufe dich in den nächsten Tagen an. Schönen Abend. Christian.

Martina atmete tief durch. *Wünsche dir auch einen schönen Abend.* Sie ging im Arbeitszimmer auf und ab. Sie fand keine Ruhe. Beruhige dich, ermahnte sie sich selbst. So aufgewühlt konnte sie nicht ins Bett zu gehen. Sie würde jetzt kein Auge zubekommen.

Martina klappte den Laptop auf. Sie wählte eine Immobilienseite aus und gab die Größe des Büros, den maximalen Preis und den Bezirk ein. Mehrere Angebote wurden ihr angezeigt. Eines davon interessierte sie auf den ersten Blick.

Zwei Büroräume mit sechzig Quadratmetern in der Nähe des Bahnhofs in Meidling fielen ihr auf. Das Gebäude war schon etwas älter, aber die Räume wirkten frisch renoviert. Der Preis lag in ihrem Budget. Martina gab ihre Kontaktdaten ein und bat um einen Rückruf, um sich einen Termin für eine Besichtigung der Büros auszumachen.

Martina ging vom Bahnhof einige Schritte die Meidlinger Hauptstraße herunter. Vor dem Haus mit den Büroräumen stand bereits Herr Zachmeister. Sie erkannte den sportlich gekleideten Mann anhand des Fotos aus dem Immobilienportal.

Der Makler telefonierte. Er blickte sie an und lächelte. Herr Zachmeister legte die Hand auf das Handy. »Sind Sie, Frau Bäumer?«

»Ja.«

Er nickte. »Einen Moment bitte.« Der Makler widmete sich wieder dem Telefonat. »Bitte bereiten Sie mir die Unterlagen vor. Ich muss aufhören. Die Dame für die Besichtigung ist gerade gekommen. Ich melde mich danach.« Er steckte das Handy in seine Sakkotasche. »Entschuldigen Sie, Frau Bäumer. Ich wollte Sie nicht warten lassen.«

»Kein Problem. Ich freue mich, dass es mit der Besichtigung so schnell geklappt hat.«

»Dann würde ich vorschlagen, gehen wir gleich rein.«

Martina nickte. »Gerne. Ich bin schon gespannt.«

Herr Zachmeister schloss die Haustür auf und bat sie herein. »Das Büro befindet sich im zweiten Stock. Aufzug oder Stiegen?«

»Wir können gern die Stiegen nehmen«, erwiderte sie. Das Haus und die Stiege wirkten nostalgisch auf sie. Das erinnerte sie an den Gemeindebau ihrer Eltern aus den 70er-Jahren.

»Da sind wir. Nummer zwölf. Kommen Sie herein.«

Der Makler ging mit ihr durch die Räume und erklärte die unzähligen Vorzüge des Büros. Sie hörte nur beiläufig zu. Martina stand in dem größeren der beiden Räume. Das Zimmer war lichtdurchflutet. Das würde ihr Büro sein. In Gedanken richtete sie es bereits ein.

Herr Zachmeister räusperte sich neben ihr.

»Entschuldigen Sie, ich hatte gerade überlegt, wie ich die Räume gestalten könnte.« Martina blickte ihn an.

»Ich meinte gerade, die Büroräume wären ab sofort verfügbar. Darf ich fragen, für was Sie die Räume nutzen wollen?«

»Ich werde eine Anwaltskanzlei gründen.« Es kam ihr schon leicht über den Lippen und es fühlte sich gut an.

Er sah sie anerkennend an. »Klug und schön zugleich. Eine gefährliche Mischung. Da können sich die anderen Anwälte aber warm anziehen.«

Martina nickte, überging seinen Kommentar. »Ich habe großes Interesse an den Büroräumen. Haben Sie für mich eine Aufstellung der Betriebskosten?«

»Die lasse ich Ihnen selbstverständlich gleich nach unserem Termin vom Büro zusenden. Die Mailadresse habe ich ja.«

Martina schlenderte durch die Räume. Sie fühlte sich wohl. Sei aber vorsichtig, meldete sich ihre innere Stimme.

»Gibt es noch andere Dinge, die ich hinsichtlich des Vertrags oder der Nutzung wissen muss? Wie sieht die Befristung aus?«

Herr Zachmeister fuhr sich mit den Fingern am Schnauzer entlang. »Die Büroräume werden fünf Jahre befristet vermietet. Wenn Sie möchten, schicke ich Ihnen mit den Unterlagen den Mietvertrag zu. Sie, Frau Bäumer, sehen sich das in Ruhe an, bei Fragen kommen Sie wieder auf mich zu. Ist Ihnen das recht?«

»Ja, verbleiben wir so. Ich werde mich nach der Durchsicht der Unterlagen melden.«

Der Makler schloss hinter sich die Tür ab. Sie hörte, wie die Stifte im Schloss einrasteten. Er drehte sich zu ihr um: »Wenn Sie mir die Freude machen wollen, würde ich Sie gern auf einen Kaffee einladen?« Er lächelte sie erwartungsvoll an.

Sie spürte einen Stich im Herzen. Nein. Sie wollte keine Einladung von einem anderen Mann. »Tut mir leid. Ich muss Ihnen absagen, ich habe gleich noch einen Termin.«

»Dann verabschiede ich mich. Die Unterlagen bekommen Sie in der nächsten Stunde. Ich wünsche Ihnen noch einen schönen Tag.«

Sie schüttelte seine Hand. »Ihnen auch einen schönen Tag. Ich melde mich.«

Herr Zachmeister nickte und schritt davon.

Hatte sie ihn beleidigt? Sie wischte den Gedanken weg. Die Büroräume boten alles, was sie für den Anfang brauchte. Sie mischte sich unter die Leute auf der Meidlinger Hauptstraße. Die Sonne strahlte ihr ins Gesicht. Martina fühlte sich frei und beschwingt. Sie schlenderte zum Bahnhof zurück.

29

Martina setzte sich zum Esstisch und zündete die Kugelkerze an. Sie blickte auf das Bild mit den Tonkrügen, die sich sanft von der safranfarbenen Wand abhoben. Sie hatte nur ein paar Sachen in der Wohnung verändert, aber die Räume wirkten wohnlicher und sie fühlte sich geborgen.

Martina nahm die ausgedruckten Unterlagen vom Makler zur Hand. Konzentriert las sie den Mietvertrag durch. Da es sich um einen Standardvertrag hielt, musste sie hier nichts Weiteres aushandeln. Sie schaute sich die Aufstellung der Betriebskosten durch. Bei der Summe von 345 Euro monatlich stockte ihr kurz der Atem. Das war deutlich mehr als für ihre Dreizimmerwohnung. Dafür war die Miete nicht so hoch und in Summe waren die Kosten überschaubar.

Sie schmunzelte. Ihr Bauch hatte sich schon entschieden. Na gut. Sie würde die Büroräume anmieten. Und ein großer Vorteil war, dass die Kanzlei nur fünfzehn Minuten mit der U-Bahn von ihr entfernt war.

Sie holte sich ihren Laptop aus dem Arbeitszimmer und schaltet die Kaffeemaschine ein. Wann würde sie den ersten

Mandanten eine Tasse in ihrer Kanzlei anbieten? Bald. Martina nahm ihre Kaffeetasse und setzte sich beschwingt. Sie öffnete das Postfach. Eine neue Mail war von der Rechtsanwaltskammer Wien angekommen. Die Terminbestätigung für Montag und eine Aufstellung, welche Unterlagen sie mitzubringen hatte. Sie spürte, wie ihr Herz klopfte. Es wurde ernst.

Als Nächstes brauchte sie Möbel. Bei Peters hatten sie welche von Wagner bezogen. Sie dachte an ihr altes Büro zurück. Das war Vergangenheit. Es fühlte sich an, als wäre das schon eine Ewigkeit her. Obwohl ihr Arbeitsvertrag erst in wenigen Wochen auslief. Martina suchte im Internet nach der Firma Wagner mit den Büromöbeln. Die Klassikreihe mit dem dunklen Holz und den dezenten Bezügen aus der Kanzlei prangte auf der Startseite. Sie sah sich die neue Trendlinie mit dem hellen Buchenholz und den grünen Bezügen an. Das wäre etwas für ihre Kanzlei. Martina öffnete die Preisliste. 799 Euro zuzüglich Mehrwertsteuer für einen einzigen Bürostuhl. Sie schluckte. Das war einmal.

Sie schloss die Webseite und suchte nach Büromöbeln und Wien. Sie quälte sich durch die Liste von gebrauchten Büromöbeln bis hin zu den exklusiven Herstellern aus Italien. »Endlich!« Martina atmete durch. Sie wurde bei einem österreichischen Hersteller, der die Ware direkt verkaufte, fündig. Das dargestellte Büro in Ahornoptik mit lichtgrauen und weißen Elementen hatte es ihr angetan. Es sah elegant und einladend aus. Der Preis lag auch im Rahmen ihres Budgets, auch wenn es an der oberen Grenze kratzte. Sie notierte sich die Telefonnummer und den Namen der Produktserie. Dort würde sie morgen in der Früh gleich anrufen. Für die Bestellung brauchte sie noch die genauen Maße der Büroräume. Martina notierte sich die Punkte und trank einen Schluck ihres Kaffees. Sie verzog das Gesicht. Kalter Kaffee war ihr ein Graus.

Ihr Handy läutete. Auf dem Bildschirm erschien Christians Bild. Sie starrte das Foto an. Es läutete weitere zwei Mal, bis Martina das Gespräch annahm. »Hallo, Christian.«

»Hallo, Martina.« Er räusperte sich. »Ich wollte mich bei dir melden. Wie geht es dir?«

»Gut. Und dir, Christian?« Ihr Puls raste. Die Gedanken überschlugen sich.

»Auch. Der Tag war anstrengend, aber sonst okay. Störe ich dich gerade oder passt es dir?«

»Ich bin froh, dass du anrufst. Ich habe nur nach Büromöbeln geschaut.«

»Für dein Arbeitszimmer?«

»Nein, ich eröffne eine Kanzlei.«

Er schwieg.

»Christian?«

»Ja, ich bin noch da. Cool, eine eigene Kanzlei. Ich habe nur einen Moment daran gedacht, dass wir vor ein paar Jahren gemeinsam darüber gesprochen hatten.«

Es schnürte ihr die Kehle zu. »Ja, ich weiß.« Sie würde jetzt ihren gemeinsamen Traum allein umsetzen. Verriet sie ihn damit ein zweites Mal?

»Martina, ich wollte jetzt nicht damit anfangen. Ich finde es gut, dass du was Eigenes auf die Beine stellst.«

Ein Stein fiel ihr vom Herzen. »Danke dir.«

»Ich möchte nicht, dass wir so auseinandergehen. Lass uns noch einmal miteinander reden. Aber nicht am Telefon. Wollen wir uns die nächsten Tage zusammensetzen?«

Ein Treffen! Nach all dem, was geschehen war. Das freute sie, aber es machte ihr auch Angst. »Ja, das hört sich gut an. Ich hätte morgen oder am Wochenende Zeit.«

»Morgen habe ich am Nachmittag keine Termine. Da komme ich etwas früher von der Kanzlei los. Was hältst du davon, wenn wir uns um 16:30 bei dem Lokal neben der U-Bahn-Station bei dir treffen? Dann könnten wir reden und eine Kleinigkeit essen.«

»Ja, das klingt gut. Ich werde da sein.«

»Martina …«, er zögerte. »Wünsche dir einen schönen Abend. Bis morgen.«

»Wünsche ich dir auch.« Martina legte auf und atmete tief durch. Sie hatte seine Stimme gehört und es tat ihr gut. Vielleicht … Nein, sie würde jetzt nicht zu viel hinein interpretieren. Bis morgen musste sie sich gedulden.

Sie seufzte, zog den Laptop zu sich und schrieb dem Makler eine Mail, dass sie die Büroräume nehmen würde.

Martina lief im Schlafzimmer auf und ab, öffnete die untere Schranktür und blickte auf die dunklen Hosen. Nein, das wirkte zu geschäftlich. Auf der rechten Seite fiel ihr Blick auf das blaue knielange Etuikleid. Es war kein Date. Martina stöhnte auf. Sie war noch nervöser als bei ihrer ersten Verabredung mit Christian. »Bleib ruhig«, ermahnte sie sich. Sie wählte den grau melierten Strickrock mit dem feinen lila karierten Muster und den grauen Rollkragenpullover aus Kaschmir aus. Fertig umgezogen und geschminkt ging sie in die Küche, um ihr Handy vom Esstisch zu holen. Ihr Blick blieb an der Schublade der Kücheninsel haften. Mit schwerem Herzen nahm sie das Schmuckkästchen mit und holte den Schlüsselbund von Christian vom Vorzimmer. Beides ließ sie in ihre Tasche fallen. Martina schloss die Wohnungstür ab.

»Guten Tag, Frau Bäumer. Schön, dass wir uns jetzt häufiger sehen.« Frau Linger lächelte sie an.

Ihre Nachbarin hatte ihr gerade noch gefehlt. »Es freut mich auch sehr, dass wir uns öfters im Stiegenhaus über den Weg laufen. Seien Sie mir nicht böse, aber ich muss los. Ich habe einen wichtigen Termin.«

»Arbeiten Sie wieder, Frau Bäumer? Ich habe letztes Mal, als Ihre Mutter da war …«, setzte Frau Linger ein.

»Tut mir wirklich leid. Ich muss los.« Martina drehte sich um und lief die Stiegen runter. »Auf Wiedersehen.«

»Auf Wiedersehen«, erwiderte die Nachbarin.

Das Gemurmel, das folgte, verstand Martina nicht mehr.

Sie sah Christian in seinem dunkelblauen Anzug bereits vor dem Lokal stehen. Als er sie sah, ging er auf sie zu. Sie blieb einen Schritt vor ihm stehen. »Hallo, Christian.«

Er ging auf sie zu und umarmte sie.

»Hallo, Martina.«

Sie spürte seine Berührung, roch sein herbes Aftershave. Im nächsten Augenblick löste er sich schon wieder von ihr.

»Lass uns reingehen.«

Sie nickte.

»Wollen wir den Tisch vorne beim Fenster nehmen?«

»Ja, können wir machen.« Sie folgte ihm.

»Guten Tag.« Der Kellner kam auf sie zu. »Brauchen Sie die Karte?«

»Ja, bitte.«

Er reichte ihnen die Nachmittagskarte. Der Kellner nahm die Bestellung auf und verließ den Tisch. Schweigen. Martina blickte erst auf ihre Hände, dann sah sie ihn an. »Wie war dein Tag?«

»Gut, nichts Besonderes. Zwei Besprechungen in der Kanzlei und Verwaltungskram. Du kennst das ja.«

Sie nickte.

»Wie kommst du mit der Gründung deiner Kanzlei voran?«

»Ich habe heute Vormittag den Mietvertrag für die Räume in Meidling unterschrieben und am Montag einen Termin bei der Rechtsanwaltskammer.«

Christian nickte. »Das hört sich gut an. Herzlichen Glückwunsch.« Er spielte mit der Zuckerdose herum. Er suchte ihren Blick.

»Ihre Mineralwasser, bitte.« Der Kellner schenkte ihnen beiden aus der Flasche ein.

»Vielen Dank«, antwortete Christian. »Martina, bevor wir weiterreden, möchte ich mich bei dir entschuldigen. Egal, was passiert ist, es rechtfertigt nicht meinen Ausbruch. Ich wollte dir keine Angst machen.«

»Du musst dich nicht entschuldigen. Ich bin die, die Fehler gemacht hat, und zwar mehr als einen.«

Christian fuhr sich über das Kinn. »Ich habe nur eine Frage an dich: Warum hast du mir damals nichts von der Schwangerschaft erzählt, Martina?«

Sie fuhr sich durch die Haare. »Als der Test positiv war, da war ich total überrascht und habe mich gefreut. Ich wollte es dir gleich am selben Abend sagen.«

Sie starrte aus dem Fenster.

»Und dann?«, hakte Christian nach.

»Am Nachmittag war ich bei meiner Mutter und sie hat nicht unbedingt positiv auf die Nachricht reagiert. Dass ich noch zu jung sei und dass ich erst in der Kanzlei angefangen habe. Dass ich meine Chancen nicht wegwerfen sollte. Plötzlich war ich verunsichert. Ich bekam Angst davor, wie es weitergehen würde. Ich war durcheinander. Ich wollte es dir abends an Roberts Geburtstag erzählen, aber nach dem Gespräch mit meiner Mutter sagte ich in letzter Minute ab.«

Christian nickte.

»Ich wusste gar nicht mehr, welche Reaktion von dir mir

mehr Angst gemacht hätte, dass du das Kind nicht gewollt hättest. Oder dass du dich gefreut hättest und unser Leben mit einem Schlag ein anderes geworden wäre.«

Martina sah ihn an. Den Schmerz in seinen Augen zu sehen, nahm ihr den Atem. Sie vergrub ihr Gesicht in den Händen.

»Ehrlich gesagt, weiß ich nicht, wie ich damals reagiert hätte.«

Sie blickte ihn erstaunt an. »Ich hätte dir das nicht verschweigen dürfen. Es war unser Kind.« Sie zuckte zusammen. »Und erst recht später nicht, als du immer wieder eigene Kinder angesprochen hast. Ich habe erst einige Monate nach der Abtreibung erfahren, dass ich keine Kinder mehr bekommen kann. Ich hatte Angst, dich zu verlieren.« Ihre Stimme zitterte. »Und ich habe dir damit die Chance auf eine Familie geraubt. Bis jetzt.« Ihre Stimme versagte.

Christian schüttelte den Kopf. »Martina! Mit dir wollte, nein, will ich eine Familie und mit keiner anderen.« Er blickte ihr tief in die Augen.

Sie fuhr mit ihren Fingern über seinen Arm. Er nahm ihre Hand in seine. Christian strich zärtlich darüber. »Ich weiß nicht, ob und wie es mit uns weitergehen kann.«

Sie nickte.

»Du hast dich in den letzten Wochen verändert. Die Martina, die jetzt vor mir sitzt, gefällt mir um einiges besser als die Frühere.«